ふたりの村上

村上春樹・村上龍論集成

吉本隆明

論創社

ふたりの村上　目次

本書に収録した著作は、単行本未収録の作品は初出誌を、
その他は初刊本を底本とし、ほかの刊本も参考にしました。
初出などの情報は、「解説」の中に記されています。

ふたりの村上——村上春樹・村上龍論集成

イメージの行方

現在、作家たちが拵えものの物語を避けたり、あるいは物語をつくりつけるのが何となく白じらしいと感じたり、さらに構えた物語に虚偽の意識しかもたないとすれば、文学は物語から見はなされるばかりだ。そこで脱出口をかんがえてみる。

ひとつは、日録みたいに精密に〈事実〉に限定された記述を介して、文学を恢復することだ。言葉が精密に、正確に〈事実〉の縁を縫いとってゆくとき、明晰さがあらわれてくると治癒行為に似た感じになる。言葉で書かれた身体の輪郭みたいなものが、正確に浮き彫りされたとしたら、物語の障害から恢復する手だてになるかもしれぬ。物語をつくる姿勢にはいるとすぐに、作家たちをおとずれるあの障害意識からの恢復が。

だが作家たちは、金輪際じぶんを病者に擬したりはしないだろう。かりにじぶんを健全な常識人とおもってはいないとしても、だ。だが、とわたしたちはかんがえる。作家がじぶんを病んでいないと思いこむのは、言葉の記述がもつ一種の中和性、あるいは間接性が症状を緩和してくれると、錯覚するからではないのか。わたしたちが、作家たちは病んでいるというとき、病むという概念を主観や自我の願望では左右できない不可避なものと見做したいのだ。時代がはりめぐらした天幕は、歪んだり、破けたり、風に吹きとばされたりしている。また言葉の機能は外的な事情からぼろぼろになるまで痛めつけられている。そこで作家たちは必然的に病んでいる。それは病いという機械に乗せられて運搬されているからだ。

だが〈事実〉の精密な記述で恢復される類いの病い、それによって明晰になってゆく自己意識の形は、さしあたってここでは問題でない。まったくその逆な形を無意識にたどって詩的散文に近づいているばあいにわたしの関心は惹きよせられる。

作家たちの物語への怖れは、それを病いと認めない主観には、作品をどこまでも詩に近づける作用を起させている。いいかえれば潜在的な病い、病者自身が病いと認めない病いが進行する矢印の方向は、ひとまず詩を指している。そのうえ詩への怖れあるいは嫌悪が作家を捉えているとすれば、イメージの総体、あるいはイメージのうえに展開されるイメージを指し示している。作品の方向が詩を指す、そして詩の方向がイメージの総体化を目指しているのは、物語への怖れ、物語からの退避、物語の解体と密接な関わりがあるのではないのか。それがさしあたりここで喚び起された主題である。イメージは〈意味〉を作品から奪ってゆきながら、しかもじぶんに読者の視線をあつめようとするからだ。イメージという距離は、それ自体が作者には快楽だ。その距離から言葉に触れ、言葉が対象に触れているかぎり、作品は物語なしにやっていける。また逆に、言葉がイメージという距離から対象に触れる快楽に狎れると、物語は忘れられてしまう。こういう場所で作品をしつらえるよう作家に強いている〈現在〉という盲目の巨人は、いったいどういう人物なのか。

コイト・タキオ、コイト・タキオ、と呼ばわっている。コイト・タキオオ！　女の声だ。マイクを通した女の声は、あちこちのビルの壁にぶつかって、わんわんと谺したあげくにこの古ぼけた平屋に迷い込み、狭い庭に足場を得たようにそこから空にぱあっと拡がって行く。籠を逃げ出してばたばた騒いでいる小鳥の群のようだ。空が一瞬、コイト・タキオで一杯になる。台所から空は見えないが、カ行とタ行の硬い音が一斉に放たれて、蒼い夕空にキラキラ光っているだろう。

（木崎さと子「裸足」〈文學界〉一九八〇年一二月号）

ヒュウッという音が空にひびいた。高いサイレンが幾つか一緒に短く鳴ったような音だが、また選挙の宣伝だとすぐにわかった。ビュウッ、ビュウッ、というように聞える。女の声だ。絶叫のようだ。ナラシマ・ユミコが髪をふり乱して大きな叫び声をあげながら、ビルの狭間を裸足で駆け抜けていく様が、眼に浮んだ。エズメラルダのように長い髪が風になびいて、スカートの裾が破れているだろう。裸足がコンクリートですりむけて、血を滴らせているだろう。箒にまたがった魔女のように痙《ひきつ》ったもの凄い貌をしているだろう。わたしに一票をくれ、わたしにいれてくれ、と自分の名前を絶叫しながら、赤茶けた夕暮れの街を裸足で駆け抜ける。それは想像を絶するほど辛いことだろう。だから悲鳴のような声になるのは当然だ。

（「裸足」）

この断片、直喩と暗喩をふんだんに使った、まるで金属片をつないでつくった装飾のような鮮やかなイメージを喚起する断片は、この作品を優れたものにしている何かとどこかで関わっている。この何かとどこかが問題なのだ。その謎を勝手に並べたててみる。まず第一に、この種の詩作品への言葉の接近は、はっきりと意図されたものだと云える。作品はいたるところに、これほど鮮明ではないが、この種の暗喩と直喩の構成体を象嵌してある。そればかりではない。選挙の立候補者たちが、拡声器を具えつけたカーで連呼、絶叫して、あたりかまわず走り廻っている点景の描写は、ただ主人公「せい子」が留守居をしている伯父の持ち家に、伯父が明日投票のためにやってくる前日の、主人公をとりまく環境の描写という意味しか表面的にはもっていない。いわば作品にとって瑣末な点景にしかすぎないものに、この凝縮した詩的なイメージが消費されている。この言葉の無駄費いは意図的なものだ。もしかすると作者の意図を超えて、文学作品の現在における本質的な位置、避けがたく現在という視えないおおきな手に繋がれた象徴だとおもえてくる。

いったん、作品を内在的にたどってゆくと、この選挙風景のイメージは、いくつかの本質的な意味を荷っていることがわかる。ひとつは明日の選挙投票日にやってくるはずの伯父と、その長男の邦明との過去をひきずった経緯に入りこんでゆくための連結手になっている。少女の頃に伯父の家に世話になって寄生していた主人公は、伯父の長男に性的関係を強いられ、その挙句に「親代わりのうちの親爺は年をとっているし、俺の女だったが用済みだ」とみなされて、この男の友人が求める「丸一商事のパリ事務所」に、ほんとうはパリにやってくる日本人の得意客の接客婦代りに譲りわたされたいきさつがある。その意味ではこの選挙点景のイメージは、語りをひき廻すための連結手になっている。もうひとつこのイメージの描写は、作品に匿された本質的意味をもっている。この描写が冷やかなシニカルな語調、いくらかの自己嫌悪感と、連呼の騒音を事象というよりも物象のようにつき放した距離でピンにとめていることからわかるように、破廉恥なこの連呼風景に象徴された選挙候補者たちのわざとらしく拵えられた貌にくらべて、「白子で癲癇持ちでアル中」だったフランス人の愛人、パリ郊外の寒駅の、社会から落ちこぼれた職員だったアンリのほうが柔かなこころとやさしさをもった、人間らしい人間だったことを、対比的に浮び上がらせる役割を荷っている。主人公の「せい子」は「丸一商事」の態のいい接客婦代りの役割に飽きられたころ、この「死病に罹っている犬がそれでも主人に尻尾を振るような、みじめな、透明なやさしさ」をもったアンリと知りあい、パリ郊外のちいさな家で共棲の生活を体験した。そしてアンリのアル中が極まって、溷濁した意識のまま酒浸しになって、身体と心を破産させてしまったとき「死になさい。ママンのために、ジャクリーヌ（姉──註）のために、私のために、死になさい」とアンリに教唆し、そのアンリは、友だちが運転してきた電車に飛び込んで自殺する。それから主人公は日本へ帰ってきたのだ。

騒々しく連呼して街路を通りすぎる議員候補者の造られた笑顔や「最後のおねがい」のけたたましさ、白じらしさや、失意のはて日本へ帰ってきた主人公を、公正証書をとって留守居の家から、いつでも望みのときに追い出せるように要求している伯父の長男邦明に比べて、不細工で廃疾者にちかく、パリ郊外の寒駅のぐうたらな職員であった同棲の愛人アンリの方が、どれだけ人間らしい心をもっていたか。こういう作品のモチーフにとって、選挙点景の鮮明なイメージは不必要だとはいえないだろう。だが精いっぱいに読み込んでみても、その描写の必然性と役割は、あくまでも二義的な、ひそかな連結手といったものを超えない。それにもかかわらず、引例のふたつの個所は、鮮やかなイメージを喚起する最大の個所で、しかもいずれも選挙の騒音がイメージ化された描写になっている。すると作者が意図的に工夫を凝らしたイメージから、作者の意図を超えてその行方を、視つめてみなければならないとおもわれてくる。たぶん、このイメージの描写は、情緒にまつわって屈みこむような内面の瞬間を、いつでも即座にかなぐり捨てられるような、理路の勝った冷感的な女性の新しい感性の存在感を、固形物のようなたしかな手触りで主張している。このイメージが作品に不釣合なほど巨きく、むしろ自己愛的に固執された行く手には、もう物語を作るのは不可能だ、だが言葉の表出そのことに情欲を感ずるのは、やむない治癒の行為だという現在の作品の病いが存在している。作品に嵌めこまれた不釣合な、鮮明で多様なイメージの織り糸は、ほんとうはただ言葉の詩的な象嵌にとどまらない。作品を全部言葉のイメージに化して、むしろ暗喩や直喩のイメージ作用を消去してしまいたい時代の欲求の挫折した形のようにみえてくる。作者はもちろん、そんな意識はもっていない。ふんだんに使った詩的なイメージを介して、パリでの主人公「せい子」とアンリとの生活の記憶の描写と、現在の白じらしい選挙騒音にとり囲まれた独り暮らしの生活の描写の、交互なフラッシュ・バックの効果を高めたかっただけにちがいない。

もう物語など紡げなくなった局所の、透明な閉じた生活の場所と、自我や主観にどうしても収斂されない、どこか外部から強いられて氾濫するイメージのあいだに挿まれて、作品は朗らかで空虚な漂流をつづけている。時代という巨きな書き手からすれば、虚構のイメージの総体化という作業をさまたげているのは、現在の作家たちだということになるのではないか。わたしたちははっきりと、その徴候の一端に触れているような気がする。


「僕」と「彼女」の絵画館前の池の縁での会話

「さて、あなたには貧乏な叔母さんなんて一人もいない」と彼女はことばを続けた。「それでも貧乏な叔母さんについて何かを書いてみたいと思う。不思議だと思わない？」

僕は肯く。「何故なんだろう？」

彼女は少し首をかしげただけで、それには答えなかった。彼女は後を向いたまま、細い指先を長いあいだ水の中に泳がせていた。まるで僕の質問が彼女の指先をつたって水底の廃墟に吸い込まれていくような気がした。きっと今でもあの池の底には僕のクェスション・マークが、丁寧に磨きこまれた金属片のようにきらきらと光りながら沈んでいるに違いない。そしておそらく、まわりのコーラ罐にむかって同じ質問を浴びせかけていることだろう。

何故？　何故？　何故？

（村上春樹「貧乏な叔母さんの話」〈新潮〉一九八〇年一二月号）

事情はまったく「裸足」のばあいとおなじようにみえる。ハンコを押したように、という形容をつけてもよさそうだ。この作品で「貧乏な叔母さん」というのは〈肉身の親や兄弟姉妹のように切実だとはいえないが、無関心で無影響なまま掃き捨ててしまうわけにはいかない位置で意識に障わってくるもの、あるアモルフな倫理的な欲求や飢渇のかげ〉の暗喩を意味している。この作品もまた「あの池の底には僕のクェスション・マークが、丁寧に磨きこまれた金属片のようにきらきらと光りながら沈んでいるに違いない。」といった詩的な喩を散弾のようにばらまいている。

この種の喩では何よりも、本質的なものは言葉の上またはなかに信じられているのだ。対象のはだに直かに触れたいのではなく、作品はこういう個所では言葉に触れたいのだ。言葉はそのままでは裸体ではなく概念という衣裳を着ている。言葉の裸身に触れたいという欲望がこういう喩を支配している本質である。そのときに喩が触れ得たと信じた裸身、そのために脱ぎすてられた衣裳、そのあいだの空隙は、いつも作者が予期しているよりもはるかに大きい。それが作品には視えないが、読者には視える白じらしい亀裂を感じさせる理由である。

　この作品が、よく考えられた終結を予測してはじめられたとはとてもかんがえられない。はじめに「貧乏な叔母さん」という言葉が、何かの暗喩として無意識のうちに到来し、この何気なく到来した根拠も喩的な意味もあまり定かでない言葉に、何とか根拠を与えようとする表現上の持続の過程、それがこの作品を形成したといったほうがいい。ちょうどシュルレアリストたちが、天来の言葉の破片がもつ無意識的な必然を信じて、詩を成遂するのとおなじように、この作品は成遂されているとおもえる。「貧乏な叔母さん」という無意識の表出に意味があるとすれば、誰でもが、「叔母さん」の位相にあるような不幸のかげり、無関心の素っ気なさ、軽んずべきもの、あるいは意識の障害感をもっているとして、その暗喩になっているからだ。つまりここでは具体的な対象が問題なのではなく、類似的な対象のすべてが、類同性として名指されるような、ある生の負荷が問題なのだ。それは「結婚式のアルバム」のなかに写っている、誰の関心にもさわってこないような、それでいてたしかに親戚の困惑を誘うひとりであるような、そういう存在感をもった意識の類同物を意味している。作品はこのひっそりとした、だが「僕の背中に貼りつい」たような存在感（あるいはその欠如）に、倫理的な意味を与えなくては成遂されない。そう思いこむことから発祥している。しかもこの倫理的な意味は、直かに名指されるようなものであることを禁じられている。

作者は、電車のなかの隣の席で泣きじゃくっている小さな女の子を慰めるために、そっとその肩に手を置いてみるといったささやかな、誰でもできそうな平凡な行為ですら、いきなり何の前提なしに発現すれば、相手を怯えさせてしまうといったような、微妙な関係意識のはざまにあって、そんな無力な倫理のかげりに「貧乏な叔母さん」の暗喩する世界を位置づけようとする。大げさに発現すれば虚偽になってしまうような、そのときのさり気ない渇望のところに「貧乏な叔母さん」の象徴を落ちつかせようとする。

ここでもわたしたちは物語の構成の喪失と、それを代償にしてどこまでも詩的なイメージに接近しようとする作品の、静かな衝動を目撃している。むしろ新鮮な無為の発生を迎えている。生に目的性とモチーフとをもたないこと。何かの事情でそれが目的性とモチーフを獲得してしまったら、そ知らぬ闇に隠匿してしまうこと。この作品の「僕」に態度があるとすれば喫茶店でお茶を飲むとか、呑み屋で女とたまたま隣あわせに坐ったとかいう、ありふれた偶然のなかに生れる人間への触わり方を、人間そのものと見做そうとする欲求に籠められたものだ。すこし思想めかしていえば、人間とは何かいつも、もっと重大なものだとか、人間の決心とは生涯のコースを変更するほどのことだとかいった生の概念をそれたところで「蟬や蛙や蜘蛛や、そして夏草や風」（『風の歌を聴け』）とまったく同じ資格で、人間は自然のなかに存在するものだ、これがこの作者をとらえている固定願望だともいえる。

これらの新しい作家たちは、わたしたちが「巨大な酢の瓶をいくつも作り、その中に入ってひっそりと生き」(「貧乏な叔母さんの話」)ているようなものだという文明生活の限界を、イメージの集約力だけで示そうしているようにみえる。それは内向できない孤独、感覚的に折り畳まれて、社会システムの台のうえに置かれたものの孤独に根を下ろしている。

わたしたちはこれらの作品に、現在の社会システムが総体として強いてくる微細な謎を、その個別的な現われをみているので、感受性とイメージ形成の謎をみているのではないのかもしれない。その意味ではもはや事象のディテールには出会えるが、おおきな事象には出会えない現在の感受性が強いられた、一種の中性的判断の漂流物をあれこれと眺めているだけかもしれない。だがこの氾濫したイメージの漂流にはある必然的な意味があるともえる。

里親になる桑山修一にたいするキクの感想

民生委員が双方を紹介する間、キクは父親を観察して失望した。桑山は背が低いだけではなく、色の白い手足は細くて肩や胸や股や尻の肉が落ち、髭も生やしていないし髪の毛も薄くて、絵の中のキリストとは全く似ていなかった。地面に突き倒して血を抜き、代わりに大鋸屑《おがくず》を詰めて顔の皺を伸ばせば縫い包みの枕に使えそうだった。
（村上龍『コインロッカー・ベイビーズ』上）

キクの恋人アネモネについての描写
しかしアネモネは成長していくにつれて、母親の強制なしでもみんなを感嘆させる美しい少女になっていった。昔あたしを手術した医者がピンセットとメスを体の中に入れて取り出すのを忘れてしまって、それが子宮の壁に貼り付いて溶けてあたしの器官に変化してこの娘が腹にいる時、自然で静かで完璧な整形手術をしたんじゃないかしら。
（『コインロッカー・ベイビーズ』上）

何を描写しているのかは、さしあたりどうでもいい。この引例から作品の全体を眺望するまでの距離はあまり遠すぎるからだ。イメージ形成の質はここでもおなじだと云いたいだけだ。里親になる男と対面したときコインロッカー・ベイビーのひとりキクがつくるイメージ、血を抜いておがくずを詰めて、顔のしわをのばせば枕に使えるというイメージの質は、医者がおきわすれた手術用具が胎内で娘を自然整形したので、母親に似ない美人に生れたというイメージの捉え方の質と一緒に、ひとつの場所に収斂するようにみえる。その場所は所属が不明だが、黒塗りの壁が中空に覆いかぶさるといった本質をもっている。その中空からいくらか残酷につき刺されたイメージなのだといえる。

『コインロッカー・ベイビーズ』という作品の本質的な物語性はどこにあるか。ひと口にいえばコインロッカーに息を止められたまま母親に捨てられて、偶然に生きかえって拾われたキクとハシというふたりの孤児が、胎内で調和的に聴けなかった母親の心音の安らぎを願望しながら、最初に原型的に体験するはずの母親との関係を残酷に破壊されたために、狂気や異常の事件に出会い無意識のうちに、あるいは決然と破滅してゆく過程、あるいは破滅にむかって超えてゆく過程にあるといっていい。わたしたちをパラノイアの心的な関係の状態に追い込んでゆく、母親との胎内における最初の関係障害の場面を、コインロッカーのなかに母親の手で遺棄された孤児という形で設定したとき、この作品の物語性の本質はほぼ決定されたといっていい。基本的な主題の展開は、本質的な優しさ、母型的なものを希求しながら、希求の対象から追跡されあるいは監視され、追いつめられて、狂気にいたる流れとしてひらかれるはずである。じじつ孤児のひとりであるハシはこの流れに沿って生滅する。同性愛者のミスターDの手によって歌手に造りあげられ、被害感に狂わされ、母親の心音をもとめて殺人をおかし破滅する。作品の積極的な主張は、むしろもうひとりの孤児キクが、母親の心音にたいする無限の願望を病みながら、スポーツマンとしてじぶんを造りあげ、ハシを助けようとして誤まって母親である女を銃で撃ち殺してしまい、それでも最高の象徴的な抗うつ薬「ダチュラ」を手に入れて逃亡しながら、破壊の意志を貫こうとする過程の方に置かれる。母親との原型的な接触を、母親自身の遺棄行為によって絶たれた孤児の存在感、その存在感と確執をかもし、その宿命的な存在感を超えようとする格闘と挑戦というモチーフを掌握したとき、作品の主人公キクとハシは現在の風俗の心性が当面する惑乱を象徴するものとなっている。

アネモネと一緒にオートバイに乗りかえて逃亡しながらのキクの表白

何一つ変わってはいない、誰もが胸を切り開き新しい風を受けて自分の心臓の音を響かせたいと願っている、渋滞する高速道路をフルスロットルですり抜け疾走するバイクライダーのように生きたいのだ、俺は跳び続ける、ハシは歌い続けるだろう、夏の柔らかな箱で眠る赤ん坊、俺達はすべてあの音を聞いた、空気に触れるまで聞き続けたのは母親の心臓の鼓動だ、一瞬も休みなく送られてきたその信号を忘れてはならない、信号の意味はただ一つだ。キクはダチュラを摑んだ。十三本の塔が目の前に迫る。銀色の塊りが視界を被う。巨大なさなぎが孵化するだろう。夏の柔らかな箱で眠る赤坊達が紡ぎ続けたガラスと鉄とコンクリートのさなぎが一斉に孵化するだろう。

（『コインロッカー・ベイビーズ』下）

これはアネモネと一緒にキクが、コインロッカーがなかに詰めこまれた十三本の塔のような都市の建物を破壊しようとして出かける最後の描写だ。イメージはこわれてしまって、ただ破滅の意味を確かめる主人公の表白に変っている。本来的な母親の心音への回帰をむしろ破壊のように思いこもうとする意志の矛盾が表象されている。作品のイメージはこのとき何処へいったことになるのか。

『限りなく透明に近いブルー』いらい、この作家が執着してきた原型的なイメージはひとつである。海岸に若いふたりの男女がいて、海の向うにあるかないかのように遠い町がある。よくみえないはずなのに、なぜか町に住んでいる人の顔もはっきりみることができる。何か祭りのような喧噪に賑わっているが、そのうちに町では戦争が始まる。兵士たちや戦車が行き交い、大砲が鳴ってとび交っているのが海岸から眺められる。これがこの作家の固執してきたイメージである。ほんとの意味で原型的なイメージかどうかわからないが、固執されてきたことは確かだ。このイメージの構図がもつ特徴は、イメージを描くものがイメージの構図のなかに登場するという点だ。こういう観客も登場する映画館的なイメージに接したとき、わたしたちは〈死〉かあるいは〈胎内〉の構図を語るイメージとみなすのが普通なのだ。作者によってこのイメージの構図は、海の向うにみえる町の戦争の画像として微細化され、それをこちら側の海岸でみている男女の構図としても微細化されていったとみることができる。この固執された原型的なイメージが、拡大と微細化とを同時に強行された『海の向こうで戦争が始まる』という作品の提示するものは何であったのか。ひと口にいえば原型的なイメージの遠景にある街での景物の狂暴化を象徴していた。いわば包む容器の荒廃と狂暴化と混乱の意識の進行を意味していた。そして原型的なイメージの近景では、遠くの街の戦争を眺めているはずの若い男と女の登場人物は、しだいに弱小化され、エロスの中和、無形態なエロスの均質化を進行させていったといえる。けれどわたしたちは、この構図の拡大と微細化を、やはり〈死〉あるいは〈胎内〉のイメージの内部にある情景とみていることにかわりはなかった。いわば繭の内側で構図が微細化されて、顕微鏡で拡大されたとかんがえてきた。

『コインロッカー・ベイビーズ』で、主人公の孤児キクとハシがおなじように「ブヨブヨに脹れ上がった銀色のさなぎ」のような街、いつかそれが爆発するイメージを思い描くときに、いわばこの作者の原型的な〈死〉あるいは〈胎内〉のイメージの容器が、じぶんの手で破壊されたことを象徴しているようにみえる。作品『コインロッカー・ベイビーズ』は、いわば繭ごもりをこわされたあとに、遠景と近景とが混融された作者の原型的なイメージの行方を指している。この狂暴化された風俗のイメージが誇張されればされるほど、ここでもまた物語性は喪失されるという現在の不可避の刻印をうけているようにみえる。

村上龍『コインロッカー・ベイビーズ』

――豊饒かつ狂暴なイメージの純粋理念小説――

女は赤ん坊の腹を押しそのすぐ下の性器を口に含んだ。いつも吸っているアメリカ製の薄荷入り煙草より細くて生魚の味がした。泣きださないかどうか見ていたが、手足を動かす気配すらないので赤ん坊の顔に貼り付けていた薄いビニールを剝がした。

作品のこの冒頭の書き出しは、嬰児の息の根をとめた母親が、段ボール箱に詰めてこれからコインロッカーに遺棄する段取になる描写である。これは作品の良質な部分のイメージ、その意外性、風俗の残酷な意味づけの全体を象徴するものになりえている。この数行の書き出しから、作品の質、内容的なもの、なによりも主調音の総体を占って大過ない。この数行で感じられるものが作品のすべてなのだ。そしてたぶんそれだけではない。性器を口に含む行為や、肛門性愛や、視覚によって生理的な嫌悪を択りわける資質への偏執を介して、この作家の心的なこだわりの在り所をも象徴するもののようにおもえる。

この作品で、コインロッカー・ベイビーズというのは、生誕の前後の時期に〈母性的なもの〉との接触に障害をうけた男性の象徴をなしている。この時期の接触では母親は胎児または嬰児にたいして〈母性的なもの〉でありながら、同時に〈男性的〉にあらわれ、胎児または嬰児は男でも女でも〈女性的〉なものとしてあらわれる。ひと口にいって母親は男性的にあらわれるため、男児にとって母親は異性であるとともに同性となる。

母親に息の根をとめられて、コインロッカーに遺棄され、偶然に蘇生した男の嬰児キクとハシが主人物として指定されたことは、胎児または嬰児のときに〈母性的なもの〉から致命的な障害を加えられ、そこから再び、〈母性的なもの〉の存在なしに生誕したものという二重の生の負荷をもった人間を設定したことになる。じっさいにはこういう胎児または嬰児は存在しないかもしれない。だが純粋理念のうえで存在可能性なのだ。ここに現在の風俗の存在感を託そうとする作者の設定は卓抜なものといえる。この純粋理念の延長線に、コインロッカー・ベイビーズの運命を占うとすれば、いくつかの重要なことを云わなくてはならないだろう。ひとつはこういう胎児または嬰児は、やがて同性愛的な傾斜をもつようになるだろうということである。もうひとつは、何らかのきっかけさえあれば、被害妄想、追跡妄想をこうじさせて、フロイトが古典時代にパラフレニーと名づけたものの病像をたどるだろうということである。そして最後にこういう極限の三重の負荷を生誕の前後に背負わされた個体は、この負荷を超えて生き抜くことがとても難しいにちがいないということである。この作品を優れたものにさせている要素は、無意識であれ意図的であれ、この純粋理念に沿って主人物であるコインロッカー・ベイビーズ、キクとハシを行動させ破滅させている点だといえよう。またあえていえば、その限りにおいてだけだともいえる。

この純粋理念の運命を負って、作者に生誕させられた嬰児キクとハシは、養育院に拾われ、九州の炭坑の廃墟の町に住む養父母に貰われ、やがて作者にもっとも狂暴に現在の風俗を象徴しているとみなされた大都会の荒廃と頽唐の中心に設定された「薬島」をめぐって事件を繰りひろげることになる。「薬島」は都会に占められた毒物汚染地域で、そこでは土地や建物の壁に染みついた塩素系の毒物のために、小動物や鳥が死んでしまうし、人間も皮膚を腐蝕されて顔に穴があいてしまったりする象徴的な地域として設定されている。ここには当然のように、犯罪者、精神障害者、下級売春婦、男娼、変質者、不具者、家出人などが投げ込まれて群れ、奇妙な社会をつくっている。「薬島」の中心には「子猫からオカマの老人まですべてを販る市場」である「マーケット」があり、「薬島」の周辺は十三の塔のような高層建築が内部に象徴のコインロッカーを含んで聳えている。この「薬島」は養父母の故郷に設定された九州の廃墟となった炭住地域の町と一緒に、この作品の情欲の倫理がおかれた場所である。作者はそこに現在の風俗がはじけとぶ根拠を托そうとしていることがわかる。

コインロッカー・ベイビーズのひとりハシは、九州の炭住の町から家出して「薬島」の界隈でオカマをやりながら、同性愛者のディレクターDに拾われて歌手に育ってゆく。ハシはじぶんの歌を、母親の子宮のなかで聴いた心音のように、安らぎと至福の音に近づけたいという無意識の願望を抱き、その願望の挫折とたたかう運命にさいなまれる。

もうひとりのキクは、棒高跳びの選手になる。キクは空中に跳びあがって想像の高さを越えるときの融和感が、母親の胎内で打っている心臓の音の至福感とおなじもののようにおもえるために、跳びあがることに惹き込まれてゆく。キクは「ダチュラ」という名の精神高揚剤、かつて伝説のように米軍によって神経兵器として開発され、いまはどこかに埋没されているという薬を発見し、手に入れ、それを「薬島」や十三の塔のある地域に撒布することで、人々が狂暴な意志を発現して、現代の鬱積する抑圧の象徴である都市を破壊しつくしたいという野望をもつようになる。

誇張された、故意に異常に仕立てられた場面や事件が設定されていても、作品は二人のコインロッカー・ベイビーズが、究極的には母親の胎内で聴いた心音の平安と至福感を渇望し、それを欲求する心因に支配されて行動し、挫折し、破滅してゆく軌道に沿って展開されている。たとえば母親の心音に似たものが得られそうになったときに瞬時に安堵を覚え、その心音を渇望するあまりに母親を殺害し、恋人を刺してしまうといった場面が、マンダラのような風俗絵図として登場する。そして二人のコインロッカー・ベイビーズは、すこしずつ破滅にむかって歩んでゆく。ハシは母親の心音を聴くためには「一番愛している者を殺さなきゃだめだ」という妄想につかれて恋人ニヴァを刺し、キクは母親を撃ち殺したあと、刑務所を仲間たちと脱走して、精神高揚剤「ダチュラ」をさがしにカラギ島の海底へもぐり、それを手にして恋人アネモネと一緒に東京へ帰り、「薬島」の界隈に「ダチュラ」を撒き散らそうと最終の行為にむかって疾走する。

作品にとって主人公たちの否定性の苛立ちと、その苛立ちを緩和するための現在の風俗の必然性は内部にあるのだが、つみ重ねられている景物や事件のイメージは登場人物たちにたいして外在的である。外側を囲う景物や事件としてイメージがつくられている。そして作者にとってもこの作品に塗りこめられている景物や事件のイメージは外在的である。つまり偶発的にペンキ絵のように塗られている。この内在性と外在性との矛盾が出会うところで、作品は溷濁させられている。あまりのことだから、ひとつだけ引用させてもらう。

白い化学防護服の警備兵が何か怒鳴った。キクが薄笑いを浮かべたので腹を立てているらしい。この野郎、なめやがって、発砲は無制限に許されてるんだぞ、撃ってやろうか？　人間を撃ちたくてうずうずしているのだろう、鉄条網をグルグル回るだけで退屈しきっているのだ。興奮して楽しそうに銃を構えている。一人がニヤニヤ笑いヘルメットを震わせながらキクの頭に狙いをつけた時、投光器が照らし出した明るい輪の中に、別の、妙な形をした拳銃と腕の影が現れ、警備兵がそれに気付いた瞬間火をふいた。太い銃身から発射されたのは散弾だった。警備兵の白い防護服に細かな穴が開き二人共吹き飛んだ。キクは驚いて振り返る。黒服で歯が欠けている小男が手招きしている。握っている拳銃からはまだ煙がでていた。「何やってんだ、グズグズしていると焼き殺されるぞ。こっちへ来い運動選手」キクは鉄条網から跳び降りた。

キクが「薬島」の鉄条網を棒高跳で越えようとして、有刺鉄線の中程にひっかかったときの描写である。これが景物や事件が登場人物や作者にとって外在的な象徴例のひとつだ。いたるところで作品をおおって、風俗描写の力を減殺してしまっている。設定が架空な誇張だというよりも、通俗的な書割りにしてしまっている。作者は「握っている拳銃からはまだ煙が出ていた。」などという描写を、ぶち殺すほど憎悪すべきなのだ。作品はこういう個所で、現在の風俗を極限化する必然からも、文体の必然性からも見離されている。

それにもかかわらずこの作品に捨て難い魅力があるとすれば、作品の主人公たちの織りなす物語が、胎児あるいは嬰児の時期に〈母性的なもの〉との接触を決定的に傷害された人間がたどる純粋理念的な必然を、いわばありあまるほど豊饒で狂暴なイメージの情欲として展開しているからだとおもえる。

わたしたちが意識的に対応できるものが制度、秩序、体系的なものだとすれば、その陰の領域にあって無意識が対応しているのは、システム価値的なものだ。構造が明晰で稠密でしかも眼に視えなければ、視えないほどシステム価値は高いとみなすことができる。このシステム価値的なものは、いたるところでわたしたちの無意識を、完備された冷たい触感に変貌させつつある。いいかえればわたしたちの情念における自己差異を消失しつつあるのだ。

システム化された文化の世界は高度な資本のシステムがないところで存在しえない。その意味を前の方におしだせば、生みだされた画像や言葉が新鮮な衝撃をあたえても、また破壊的なほどの否定性をもっていても、あるいは革命的な外装をおびても、いつも**既存**の枠組みのなかだということにかわりない。だが疑念はそのさきへゆく。システム的な、不可視の価値体の起源をかんがえなくてはならなくなったということは、既存と未存とを同一化し、既存の枠組みには内部があっても、その外部はないことを意味するのではないか。物の系列にマス・イメージをつけ加える要請はシステムからきている。そして虚構の価格上昇力のひとつとして機能している。つまりは物の系列は、実質にはない装飾をつけ加えられることで、自己に差異をつける。そうやってしか存在できなくなったとすれば、それはシステムの意志によっている。高価格、奢侈性、あるばあいには政治経済制度の頽廃性だとする危惧は、さまざまな形でアカデミズムと左翼からの倫理的な反動をよびおこしている。さらに道徳的な教育家や、母子会の倫理的な廓清主義が唱和されて、おおきな社会的な反動を形成している。これが時に応じマス・コミの世論操作のままにゆだねられたりする。これはつい最近わたしたちが核戦争反対ですら政治的にもてあそぶ人々の言動で体験していることである。

かれらの危惧は、政治経済の制度や、物の系列や、秩序はみえるが、システムの存在がみえないところからきている。また商品の使用価値や交換価値はみえても、システムがつけ加える構造的な価値を評定できないところからきている。高度な資本のシステム社会で頽廃、反倫理、虚構が加えられると倫理や道徳が自由への制約だとおもわれているところでは、おおきな飛翔感や解放感をあたえることは誰でも知っている。だが、どの部分がシステムからくる価値かをあとづけるのは、そうた易くない。ただすでにシステムから産出された価値は、あとに戻ることはありえないといえるだけだ。物の系列の魅惑や美は、もともと原則のうえに開花するものではなく、原則と原則のはざまに存立するという厄介な性格をもっている。この種のシステムからくる文化の内部に漂っているイメージ産出の成果には、否定できない魅惑がある。またこの魅惑に則していえばマス・イメージを経済社会的な意味に還元しようとする思考法は、すでに効力を失いつつあるようにおもえる。方法的な根拠というよりも、システムからくる価値にたいして、立ちむかうようすがをもたないところからきている。わたしたちが当面していることの核心には、つぎのことがらが横たわっているとおもえる。

(1)システム的な、眼に視えない価値が高度な未知の論理につらぬかれているというとき、この高度なという意味は、まだ不確定にしか分析と論理がゆき届いていない経済の拡がりから背後をたすけられている。それと一緒にこのシステム的な価値は、社会制度や国家秩序の差異によって左右されない世界普遍性をもった様式の意味で使われるべきである。この概念は、高度のベクトルでしか制御されない無意識を必然的にすべて包括する概念である。

(2)政治制度から強制や統制をうける社会では、内部で画像を作ったり、あるいは言葉によって物の系列にマス・イメージをつけ加えることは、かならずしも必要とされない。

そこでは物の使用価値は清潔に使用価値であり、交換価値は虚構のイメージが加わることのない、実質だけの交換価値である。かりに虚構の価格構成力がつけ加えられても、まったくべつの必要に根ざしている。だが、注意しなければならないことは、この種の清潔性や透明性は、こういう政治制度の優位を保証するわけでない。また清潔主義や透明主義が正統なことを根拠づけるものでもない。それはつぎのことから、すぐにわかる。ひとたび政治制度からの強制力や統制力が解除されたり、弱まったりすると、世界の内部に既存するという理由で、マス・イメージが物の系列につけ加えられるような世界をひとびとはかならず択ぶことになる。もう一方では政治制度からの強制力や統制力が社会の全体を組織しているところでは、システム的な文化のなかで画像や言葉をつくりだす作業は、虚像を真理化することに収斂され、そこに集中する力を競うことになってゆく。つまり虚像を真理のイメージに近寄せるために、形式と内容から画一的な画像や言葉に収斂していってしまう。

(3)物の系列につけ加えられたマス・イメージの価値構成力が、システム的な価値概念のところから、全価値の半ばを超えているとみなされるところでは、制度・秩序・体系的なものに象徴される物の系列自体は解体が俎上にのせられることになる。たぶんその徴候をさまざまな場で、わたしたちは体験しつつあるといえる。

こういった理由、とくに⑵⑶に要約される理由は、現在広告、デザイン、サブカルチャーあるいはやや自由な文学の形式上の反抗をふくんだポップ・アートの世界が、既存の内部にありながら、いわば眼に視えないシステムからの自由な逃走と、システムのうえにのった未知な力を与える根拠になっているとおもえる。たぶんわたしたちは、いつどこでも物の系列を、そこにつけ加えられたイメージによって魅惑的だと感じている。またシステム的な価値概念からすれば、物の系列につけ加えられたマス・イメージは、無意識を露出されているために、浮動や解体を象徴するものになっている。

わたしたちがシステム的な文化をとりあげることは否定的であるか肯定的であるかにかかわりなく、ある眼に視えない高度なシステムに対応して露出された無意識の在り方をみていることになっている。

もともと、物の系列や秩序に対応する実体ある表象のなかで、実体ある価値観を形成されるよりも、現在のシステムからの自由な逃走を目論んだり、逆に、システム的な構造の価値概念のうえに未知性におおわれて存在している。そこでは非実体的な価値観の海に漂って、無数のこまかな細部に幻惑されながら、同時にどこまで行っても実体ある場所にゆけないと感じている。いわば枢要なものから遠ざかるたぐいの解体感性に当面している。

わたしたちが白けはてた空虚にぶつかる度合は、実体から遠く隔てられ、判断の表象を喪っている度合に対応している。だがこのことは退化した倫理的な反動に云いたてられるような価値の解体ではなくて、価値概念のシステム化に対応している。実体的なものから遠く隔てられているが、システム的な価値への移行を象徴しているのだ。

作品を書くことについて、書くことのなかで開陳している。それがまた作品の形成になっている場面

話《もの》を書いている人がそういうふうに自分で感動してしまったらもう《おしまい》なのである。

しかし、感動してしまったのだからしようがないのだ。読んでいる人は他人の話なので感動なんかまるでしないで小僧寿司など食べて今日も早く寝てしまおう、などと思っているかもしれないが、こっちは自分の青春時代の話を書いているわけだから、書きながら、あっそうだ、それからあんなこともあった、そうしてこんなこともあった、そうそう、アレはこうだったんだ、うんうん、思い出す思い出す、なつかしいなあ、青春時代だなあ、いいなあ、君たちがいて、ぼくがいたんだ、夕陽の丘にマロニエの花も咲いていた（嘘《うそ》だけど）愛があり友情があった、ランラララランもあった、もうなにもかもみんなあった……等々と少女雑誌のお花眼（お花見ではない、花のようにパッチリした眼のことである）になってしまっているからもうどうしようもないのだ。

そうして、書きながら思ったのだけれど、できるならば、青春は最後まで美しくさせておきたいので、この前の第八章ぐらいでこの話は「おしまい」ということにしておきたい、と思ったのである。

そうしてちょうどこのあたりで「あとがき」というのを書いて、怠惰なぼくの尻を叩いてくだすったA出版社のAさんのご尽力がなかったらこの本は書けなかったと思う。どうもありがとう。軽井沢にて（嘘だけど）――

などと記《しる》して花のようにおしまいにしていけばこれはもうものすごく理想的ではないか、と思ったのである。

（椎名誠『哀愁の町に霧が降るのだ』上）

ところが、長篇の「雨の木《レイン・ツリー》」小説を書きはじめてから、当の不安に面つきあわせてしばしば考えこむことになったのである。僕が「雨の木《レイン・ツリー》」の短篇のすべてにその翳をまといつかせることをした、マルカム・ラウリーという作家の運命を切実に感じるようになったのと、同じ理由でそれはあった。ラウリーは現に僕がいる年齢の危機をよく乗りこええなかった。その思いも、やはり漠然とした危機感だが、人が死にむけて年をとる、ということと直接むすんでいる。僕はこの「雨の木《レイン・ツリー》」長篇の草稿を書きはじめるしばらく前から、毎日のようにプールへ出かけるようになっていた。そこで僕は「雨の木《レイン・ツリー》」長篇の舞台にプールを選び、現実の僕にいかにも似かよっている、文筆が職業の中年男「僕」が、生き延びるための手がかりとして「雨の木《レイン・ツリー》」という暗喩《メタファー》を追いもとめる過程を書く、その構想をたてたのであった。

暗喩《メタファー》の源となった「雨の木《レイン・ツリー》」は、すでに地上から失われている。「雨の木《レイン・ツリー》」の無残な炎上については、『さかさまに立つ「雨の木《レイン・ツリー》」』に書いた。「僕」はその失われた樹木を、「雨の木《レイン・ツリー》」長篇をつうじて探しもとめる。そしてついに「雨の木《レイン・ツリー》」の暗喩《メタファー》の再生を確認する。濃淡の網目のような、波だちの影が映るプールの底に、大きな「雨の木《レイン・ツリー》」の全体をくっきりと見て、「僕」がそのこまかな葉叢をぬいながら泳ぎつづけるシーンで終る構想であった。

（大江健三郎「泳ぐ男——水のなかの『雨の木《レイン・ツリー》』」）

わたしたちはまず、作品の記述の解体、あるいは解体の記述に当面し、そこからはじめる。ひとつはシステム的な文化概念の波をまともにかぶった場所にいる言葉の旗手の、もっとも優れた作品のなかから、もうひとつはシステム的な価値概念からの自由な離脱と逃走を、文学のモチーフとしてきた優れた作家の最近の秀作から択びだした。いずれも作品の意企、計画、動機、そしてあるばあいには、ありうべき終末の形までが作品の展開のなかで語られる。それを語ることが展開の部分をなして作品が展開するという構成がとられる。それは解体した作家小説の現在の在り方を象徴している。たまたま偶然の符合としかいいようがないのだが、それにしてはあまりに共通の根拠がありすぎる。
(1)このふたつの作品は、つい最近に書かれたものだ。いずれもふたりの作家の膂力が精いっぱいに発揮された**現在**を象徴する作品とみなしてよい。
(2)このふたつの作品は、自伝的といってよいほど、作者に似かよった人物「僕」や「ぼく」をめぐる事象にまといつかれて進行する。
(3)そしてその挙句に、このふたつの作品は、折目のなかになぜ書くか、どう展開するかの意図がのべられる。あるいは登場人物について記述している作者のところに、じっさいに現実の登場人物のモデルとなった人物が訪問してきて、いわば現実の人物から紙の上の人物に変身してゆくといった、変幻が描かれている。
心得ちがいしないで、このふたつの作品を読めば、椎名誠のばあいには話体で、大江健三郎のばあいには文学体(書記体)で、それぞれがじぶんの文学、あるいは作品という概念にたいしていだいている不信と空疎感を、世界輪郭の解体によって補償したい、そういうモチーフを象徴的に展開している。作者たちは目新しいことをしようとしているわけでもないし、ことさら技巧的な収拾を策しているともおもえない。この作者たちがいだく作品、文学という概念にたいする不信を、現在のシステム化された無意識の必然としてとらえる視点だけが、ここでは有効なように思える。

　わたしには椎名誠は、すくなくとも優れた作品における椎名誠は、けっして破滅しない〈太宰治〉のようにみえる。その文体の解体の仕方も、話体のなかに〈知〉を接収してゆく仕方も、主題を私小説的にとってゆく仕方も、その才能の開花の仕方も、太宰治に酷似している。もしかすると若い世代の読者たちは、かつてわたしたちが太宰治の作品を追いつづけたとおなじような灼熱感で、椎名誠の作品を追いつづけているのではないかという気がしてくる。ただわたしたちは無限に下降的に**解体**して、破滅感にむかう感性で、太宰治の話体表出を追いつづけたのに、椎名誠の読者たちは、無限に上向的に**解体**して、破滅を禁じられた感性で作品を追いつづけている。そう余儀なくされているのではないかとおもえる。ここで作家的な資質のちがいをもち出そうとおもわない。未知のシステムから繰り出されてくる無意識の整序が、時代を隔てた二人の作家で異質になっていると見做したいのだ。太宰治の話体表出の背後にのぞいた眼に視えないシステムは、まだそこからシステム負荷のない時代の文学作品の原型的なあり方を、肩ごしに見透せるものであった。作者はこの原型的な倫理から投射されるものを使って、じぶんの作品の解体と、その解体に表象される自己崩壊の仕方を自虐することができた。だが椎名誠の話体作品の表出の背後を統御しているシステムは、もはやあまりに膨化し、あまりに原型から遠く隔てられているために、肩ごしから見返ることなど到底できなくなっている。ただ作品は**現在**そのものの話体表出、話体表出であることが、**現在**として持続的に漂流することになっている。そういうことしか許されていない。そのためもうひとつの特質をシステムから強制されている。無意味なものの際限のない意味化、あるいは無意味なものの過激化ともいうべき性格である。もっとちがったいい方をすれば、日常の世界のそれほど意味のない細部を際限なく語り、微細に劇化してみせることを、知りながら強いられている。

「東京駅八重洲口公衆便所の鏡はなぜステンレスであるのか」

ガラス質と金属質をくらべてみると、これはいかにステンレスが「ボクつるつるよおーん」なんていってわめいてみても、やはりこれは圧倒的に徹底的にガラス質のほうが、〝たいら〟なのである。このへんのことは考えてみるだけでおおよそその差が分かるような話でもある。

やっぱりこれはガラスというものがその人生の基本として根本的に「つるつるであること」に徹しているからなのである。

それに対して金属というのは、いかにつるつるピカピカに磨きあげたとしてもどうしてもある一定の限界がある。

この限界の差が、ガラスと金属の圧倒的な反射率の差となっているのだろうと思う。いかに死にもの狂いで磨いても磨いても、金属はガラスには絶対勝てない！　よしんば、金属よりもっと反射率の劣る各種物体においてをや、という定理はある意味で我々に素朴な安心感を与えてくれる。

そうして、何回とりかえても割られてしまうので、駅のおじさんたちも頭にきて、鏡のかわりにステンレスを貼ってしまったのではないだろうか。

かくて、チンピラ予備軍＋ヨッパライ対駅のおじさんたちの戦いの決着はついたのである。しかしそれにしても、なんとなくこれはものがなしい話だなあ、と思いながら、ぼくはその日東京駅八重洲口便所のステンレスの代用鏡を見ながら考えていたのである。

（椎名誠『気分はだぼだぼソース』）

最初の一瞥、つまり八重洲口の公衆便所のステンレスの鏡にたいする視線のむけ方と、記憶の残像へのとどめ方、その話体記述の音調は太宰治に酷似している。けれどただひとつのことがちがう。太宰治の作品ならば、一瞬の視線をたったひと刷毛で記述するか、あるいはまったく、なぜ八重洲口の公衆便所の鏡がステンレス製かについて記述しないだろうとおもえる。八重洲口の公衆便所の鏡はなぜステンレス製なのかという視線と関心の向け方は、たぶん万人に共通のものである。誰でもがそこに入ったことさえあれば〈おや〉と思えるものだ。そして椎名誠の作品が優れているのも、この〈おや〉がとびぬけてたくさんの日常の事象にまたがって感受され、保存されているからだ。それは疑いない。だがこの〈おや〉という日常の微細なことへの感受性が、椎名誠みたいな記述にのるには、太宰治の話体みたいな破調も禁じられ、高橋源一郎や糸井重里や村上春樹の作品みたいな縮合性も禁じられて、ただ現在の日常に、無限に限定させられていることが、必須の条件だとおもえる。強いられているものは、作品のうしろにある現在の眼に視えないシステムからきている。たとえばこの作者はものを喰べる場面の描写におおきな執着をもっている。またたとえばスポーツにおけるルールの破壊が感興を増大させるという思い込みの記述におおきな執着をもっている。これは執着された主題という視方からは、作者の個人的な資質や興趣の在り方のことになる。だが八重洲口の公衆便所の鏡はなぜステンレス製なのかという関心と視線は、主題の側からは誰にでも瞬間的には共通に起こりうるものだ。だがそれを記述することに共通の関心と視線の持続があるとすれば、システムから無意識がこうむっている放射と見做した方がいいのだ。もっと煮つめた問いのなかにこの作者と作品をおいてもいい。この作者が、じぶんが好き勝手に、とても自在に、じぶんの好む主題を自由な書き方でつくりだしている「スーパー・エッセイ」の作者だと自認している丁度その個所で、この作家は過不足なく現在のシステムにみあう無意識をなぞっているのだ、というように。

わたしたちのシステム的な文化の作品は、ある瞬間をもぎとってかんがえれば、作品の表出と現在のシステムの無意識とのあいだに、微妙な均衡と安定を成立させている。椎名誠の作品はそういう意味からは、この均衡と安定を永続的に固定化したものという意味をもっている。だがこのシステム的な無意識と作品の表出力とのあいだの均衡や安定性は、たえず呼吸みたいに縮合と解体のあいだを往還しているはずだ。またそれは希望と絶望のあいだであり、既知の教典と未知の神話とのあいだでもある。

椎名誠の作品をもの足りないといっては、たぶん現在の純文学的な水準からは、ぜいたくな注文に属している。ただ縮合と解体とのあいだの呼吸の振幅がないというだけだ。わたしたちは、現在この呼吸の振幅を測れるだけの優れた作品に偶然出あうことができる。

「耳」の「彼女」と「僕」のあいだの会話の一場面

まずだいいちに僕を特別扱いしている理由がよくわからなかった。他人に比べて僕にとくに優れたり変ったりしている点があるとはどうしても思えなかったからだ。

僕がそう言うと彼女は笑った。

「とても簡単なことなのよ」と彼女は言った。「あなたが私を求めたから。それがいちばん大きな理由ね」

「もし他の誰かが君を求めたとしたら?」

「でも少くとも今はあなたが私を求めてるわ。それにあなたは、あなたが自分で考えているよりずっと素敵よ」

「なぜ僕はそんな風に考えるんだろう?」と僕は質問してみた。

「それはあなたが自分自身の半分でしか生きてないからよ」と彼女はあっさりと言った。「あとの半分はまだどこかに手つかずで残っているの」

「ふうん」と僕は言った。

「そういう意味では私たちは似ていなくもないのよ。私は耳をふさいでいるし、あなたは半分だけでしか生きていないしね。そう思わない?」

「でももしそうだとしても僕の半分は君の耳ほど輝かしくないさ」

「たぶん」と彼女は微笑んだ。「あなたには本当に何もわかってないのね」

彼女は微笑を浮かべたまま髪を上げ、ブラウスのボタンをはずした。

〈村上春樹「羊をめぐる冒険」〈群像〉一九八二年八月号〉

現在という空虚に、身体じゅうを浸されていると思い込んで、生活にも女性にもじぶんを燃焼できなくなっている「僕」と、一組のとびぬけて素晴しい「耳」をもっているために耳専門の広告モデルをしており、ほかに出版社の校正係のアルバイトと、「品のよい内輪だけで構成されたクラブ」のコール・ガールを職業にもった「彼女」が、お互いに同棲しはじめた動機をせんさくする場面である。「僕」は「彼女」から、じぶんは生活に退屈しているとおもっているのだろうが、ほんとは半分の美質でしか生きてないのだと指摘され、「彼女」にたいして「僕」は、ほんとはどんな男にも「息を呑み、呆然」とさせるような魅惑的な「耳」をもっているのに気づかないで、いつも隠していると指摘する。「彼女」の「耳」も「僕」の「自分自身の半分」も、まだシステムから露出されずに無意識は覆いをかけたままで匿されている。それは〈自分のなかの未知のもの〉の暗喩《メタファー》なのだ。そして「僕」と「彼女」はそれぞれ〈自分のなかの未知〉がなにかを見つけだし、自分を治癒させたいために「羊」の謎と意味をもとめて、北海道の僻村に冒険のため旅立ってゆく。「僕」が友人と共同経営している広告、コピイライト関係の事務所が扱ったPR誌の、北海道の平凡な「雲と山と羊と草原」しかないグラビア風景写真が、右翼の大物でこの社会の文化や事業や政治現象の背景で隠然とした勢力をもつ男の秘書からの申入れで、発行中止をいいわたされる。理由は、そこで写されている特殊な「羊」にかかわっている。そして、そのグラビア風景が北海道のどこにあるか、その「羊」はいまも存在するか、その「羊」はどんな意味をもつかを調べてもらいたい、もし成功しなければ、ふたたびこの広告関係の業界で生存できないように工作するといいわたされる。「僕」と「耳」の「彼女」はお互いの自己治癒の意味をこめて、グラビア風景の土地を目指して、北海道の僻地にむかう。やっと探しあてたグラビア風景の部落で家に閉じこもっただけの老いた「羊博士」に出あう。かつて戦争期に輝かしい農業、農政関係の専門家として大陸に渡り、「羊」の飼養牧場地帯をつくる国策計画のために活動した「羊博士」は、あるとき神の依憑のような体験で「羊」がじぶんの体内に入り込んで住みついたという神秘のとりこになる。それ以後「羊博士」は、官辺から気が触れたということでうとまれ、前途をとざされて、郷里に狂気のまま隠棲している。ところでこの「羊博士」の体内を出た依憑の「羊」は、戦争中に大陸で軍関係の特務機関として阿片の密売などで軍事資金を蓄えるのに暗躍した右翼の大物の体内に、かつて入り込んだことがある。この右翼の大物が戦犯としてスガモ拘置所にあったさい、アメリカ軍の医師の求めで幻覚を記述する作業をやったとき、幻覚のなかに、ほとんどいつもこの「羊」があらわれる。この「羊」は大陸の遊牧民の伝承では英雄の体内に入りこんで事業を成就させるといわれており、ジンギス汗の体内にも「星を負った白羊」が入っていたという記録もある。

「僕」は北海道の僻地の部落で、そこが右翼の大物の出身地であることをつきとめ、「羊博士」との関係も、グラビア風景のなかの「羊」が何を意味するかもつきとめたところで、じぶんをこの地にゆかせ「羊」をめぐる事柄を調べろと強制した右翼の大物の秘書は、はじめからすべてを知っていて、じぶんに調べさせたことに気がつく。秘書は「羊博士」を「羊」憑きの状態から救いだすために「僕」に調べさせ、自然に接近するように仕向けたのだと告げる。「僕」はじぶんの自己治癒を賭けた「羊」を調べるための冒険が、はじめから計算ずみの計画のなかで躍ったにすぎないことを知って、もとの空虚のなかに落ちてゆく。「耳」の「彼女」もまた、北海道の僻地の部落で、おそらくこの旅立ちが、「僕」のために仕組まれた所定の空しい計画に乗せられているだけだと、水をさされて失踪してしまう。「僕」はまた**現在**という空虚に身体じゅうを浸された日常の状態に戻り、作品もまた現在のシステムに照しだされた無意識と、作品をうみだすことのあいだの微妙な均衡と安定という図表に舞戻ることになる。だがこの作者は椎名誠とはちがって、現在のシステムに露出させせられたじぶんの無意識をゆさぶってみせている。わたしたちは「羊をめぐる冒険」という作品を物足りないとおもうことは、けっしてありえないはずだ。

たぶんもうここでは**解体**の象徴として作品を生みだすことが、どんなふうに現在のシステムから露出させられた無意識の姿に対応できるかという問題しかのこしていない。すくなくとも**解体**ということが主題にされるかぎりは、である。

つまり、作品のはじめにありまた、作品のおわりにある**解体**の象徴とはなにかという問題だ。椎名誠の作品はこの問題にたいしてははじめから充足している。あるいは充足ということに身をやつしている。本来ならばスポーツのもつルールの破壊から願望がやってくる〈暴力性〉への傾斜が、椎名の作品の象徴だといえるかもしれぬ。

村上春樹の作品では身体の内部に入り込む〈依憑する羊〉が**解体**の象徴に当っている。この象徴のぶんだけ作品は現在のシステムからくる不安を浴びている。

そして大江健三郎では、いうまでもなく「雨の木《レイン・ツリー》」がそれにあたっている。

「僕」の帰国送別パーティの描写

パーティのなかばでつむぎ糸絵画《ヤーン・ペインティング》を贈られる、ちょっとした儀式があった。キューバからの女子学生が僕に手わたし、そして僕は日本人の作家として、描かれたイメージをどのように読みとるか、話すことをもとめられたのだ。僕はほぼ次のようなことを話した。この中央の樹木は、天と地を媒介する宇宙樹なのであろう。僕はそれに強くひきつけられる。なぜなら僕もまた「雨の木《レイン・ツリー》」と呼んでいる宇宙樹を思い描いてきたからだ。「雨の木《レイン・ツリー》」は僕にとって様ざまな役割をもつものだが、ついには僕がどうにも生きつづけがたく考える時、その大きい樹木の根方で首を吊り、宇宙のなかに原子として還元される、そのための樹木でもある。この樹木の葉は、指の腹ほどの大きさで、なかが窪んでおり、そこに雨滴をためこむから、いったん雨があがったのちも、こまかな水のしたたりをつづけている。その葉の茂りの下は、穏やかな心で首を吊るのにふさわしい環境ではあるまいか？　それに加えて、このつむぎ糸絵画《ヤーン・ペインティング》のように生涯の師匠《パトロン》が立合ってくれるとしたら、当の自分は行きづまって死を選ぶしかないのであるにしても、やはり幸福なことであろう……

（大江健三郎「『雨の木《レイン・ツリー》』の首吊り男」）

ハロウィーン・ツリー描写

彼らは家の裏手にまわり、足をとめた。

そこに、木があったからだ。

いままで一度も見たことのないような木だった。

それは、なんともふしぎな家の、広い裏庭のまん中に立っていた。高さは三十メートル以上もあるだろうか、高い屋根よりも高く、みごとに生いしげり、ゆたかに枝をひろげ、しかも赤、茶、黄、色とりどりの葉におおわれているのだ。

「だけど」トムがささやいた。「おい、見ろよ。あの木、どうなっちゃってるんだ！」

なんと、その木には、ありとあらゆる形、大きさ、色をしたカボチャがたくさんぶらさがっているではないか。くすんだ黄色から、あざやかなオレンジまで、よりどりみどりの色あいがそろっている。

「カボチャの木だ」だれかがいった。

「ちがう」とトムはいった。

高い枝のあいだを吹きぬける風が、それら色あざやかな重荷をそっとゆすっている。

「ハロウィーン・ツリーだ」とトムはいった。

そして、トムのいったとおりだった。


（レイ・ブラッドベリ『ハロウィーンがやってきた』伊藤典夫訳）

ブラッドベリのこの作品では「ハロウィーン・ツリー」は宇宙的なマンダラ樹の意味をもっている。作品の言葉でいえば、イギリス諸島にローマ帝国軍が侵入し、その侵入のあとからキリスト教が侵入してくる以前の、古いドルイド教の信仰にまで根をもった根源的な信仰がつくりあげた宇宙観を象徴した樹だ。わが国の生剝げや赤マタ、黒マタのように、霊がホウキか何かに乗って村落にやってくる祭りのイメージにつながり、子供たちが仮面をかぶって村の家々を乞うて廻る遊びのイメージにも叶う。一種の調和的な原型を象徴する樹木である。

それはこの作品の少年たちが仲間のガキ大将で、死の国へゆきそうなピプキンを死の国から救い出そうとして空をとびホウキに導かれて、エジプトのピラミッドや、イタリアのローマや、イギリスのスコットランドや、フランスのパリや、メキシコの空を経めぐってあるく、明るい寓喩と直喩のあいだの世界に、調和をみつけだすのと一致する。わたしたちははじめからお伽話のような民俗宗教と伝説に根をもった空想の世界を暗喩になろうとしながらなれないまま、巡遊している子供たちにひとしくなっている。わたしたちが、この作品で子供たちにさせられることに不満だとすれば「ハロウィーン・ツリー」の暗喩が時間の根拠にとどいていても、わたしたちが現在、子供たちでさえ成熟した象徴の**解体**、マンダラ的な世界の**解体**を感受して、無際限に沈みこんでゆくような空間の外の空間を、この作品から垣間見ることができないという不満と一致している。

大江健三郎の「雨の木《レイン・ツリー》」からは、わたしたちはこういう時間の根拠を獲得できないかわりに、少年にさせられる不満を感じることもない。じゅうぶんに、現在のシステムに対応する無意識の解体を、べつの解体概念に置きかえているからだ。この「雨の木《レイン・ツリー》」にはマンダラ的な無意識の母型からくる調和もなければ、どんな集合的な救済の観念も成立していない。ただ**現在**がここでは優れた暗喩《メタファー》を見つけだしている。不満なのは、原子や分子は、そこまで肉体が還元されれば、もとが何であれただ原子や分子のほかの何ものでもなく、どんな意味附与も成立しないから、救済にも絶望にも結びつかないということだけだ。また原子や分子はどういじっても救済になりえない。〈死〉の関門の意味が問われるということのなかにしか、救済は本来的に存在しないからだ。

村上春樹『世界の終りとハードボイルド・ワンダーランド』

この作品は、同棲していた妻と別れて、気軽な独身生活をエンジョイしている三十五、六歳くらいの壮年の「私」（あるいは「僕」）の「愛」と「冒険」と「死」の物語だといえばよい。この主人公の「愛」とは、女の子と「寝る」ということが、軽く幾分かもの哀しく、情緒としては明るいさらっとしたものであるかぎり、自在にいつでも成立つような、そんな「愛」を二人の女の子と交換することだ。作品のなかでいちばん生彩があるのはこの部分、とくに手ばやく「私」（または「僕」）が料理をつくって、女の子をもてなす部分だといってよい。またこの主人公の「冒険」はふたつの意味をもっている。ひとつは、じぶんの職業である「計算士」として、『組織』に所属しながら、対立している「記号士」の組織や、東京の地下の暗闇に巣喰っている「やみくろ」という生き物に妨害をうけながら、かれらに秘密を盗まれたら世界が破滅してしまう「音抜き」の発明をやった老博士を守り、老博士のために「計算士」としての頭脳を提供し、老博士の発明を「記号士」の勢力から保護するために、都市の地下へ潜ってゆく「冒険」である。もうひとつの主人公の「冒険」は、老博士に頭脳を提供し、意識の表層を削って中心の核だけを残す方式を獲得したために、意識の核に「街」のイメージをもつようになり、そのイメージの「街」のなかでじぶんの「影」ときり離されて、街の図書館にかよって、動物の頭骨から、「古い夢」を読むことを日課のように繰返しながら、その街の地図を作りあげて脱出口がどこにあるかを探しあて、「影」と一緒にその「街」を脱出しようとする「冒険」である。ふたつの「冒険」も最後にやってくる「死」も、じつは助け守ろうとしている老博士が、「私」（または「僕」）の脳を、研究のため作り変えたことから起った運命だとわかる。そしてこの運命は、生きることに積極的な意欲をもたない白けた主人公の蒙る被害感を暗喩している。このイメージの「街」の住人はみなじぶんの「影」と分離されていて、じぶんも「影」も生きているあいだは、「夢読み」に従事しなければならない。「影」が死んでしまうと街なかに住めるが「心」を失ってしまう。「心」をすっかり失えなかったものは、森のなかだけに住んでそこを出られない。このイメージの「街」は、不安も苦悩も不自由も死もないかわりに、とりたてて歓喜も至福もあるわけではない。もうその意味では死後の安楽の世界のようなもので、作者の着想では時間を拡大して得られる不死の世界ではなく、時間を分解して得られる不死の世界を暗喩している。意識の核にもぐりこんでどこまでも時間を砕いてしまうことによって、この「街」のなかに住みつくことは永遠化される。いわば主人公である「僕」が意識のなかに作り出したイメージの「街」であり、このなかに入りこめるかぎり、肉体は死んでも、永久に不死でいることができるような世界として設定されている。

　この作品の主人公は、ある種の独身者が身ぎれいで、いわば独身者のむささを何年たっても見せず、また料理好きで、ちょっとした小綺麗でシャレた料理を手ばやく作って、それを肴に洋もののビールや果実酒を飲んで生活を愉しんでいる、そんなイメージを浮べれば、とてもよく似た姿が浮んでくる。倦怠と意欲が同一であり、モチーフのない生活の微細な影を、おっくうがらずに丁寧にニュートラルに触れながら、日々を過ごすことが、快楽の通路であるような、消極的だが感じのこもった現在ふうの壮年のイメージなのだ。

　この主人公は「僕」としては、「世界の終り」とも「不死の世界」ともいえる意識の核にあるイメージの「街」のなかで「夢読み」にたずさわりながら生活する。「街」の門番と会話すること、影と出会って脱出のための地図を作り、打合せをすること、老大佐とチェスをして遊び、とりとめのない会話を愉しむこと、日課となった図書館で「夢読み」の手伝いをしてくれる女の子と楽しむこと、これが「僕」の日常であり、また「街」の外と内をゆききする獣たちの姿と、「街」の川や森や塔や季節の移りゆきを感受しながら、何かひとつ躍動を欠いた「街」の平穏な世界を、死後の浄土のように感じながらも次第に苛立たしい思いにかられてゆくのが、「僕」を訪れる運命の姿なのだ。この主人公は「私」としては、あるビルの部屋の洋服ダンスの後ろに作られた断崖からハシゴを降りて、東京の地下に下水道のつづきのようにある川に沿って、仕事の依頼をうけた老博士の仕事場へ、孫娘の案内で行くことを強いられる。滝の裏側にある洞穴に作られた部屋と仕事場で、音響や音声を自在に消せる発明をしたために、「記号士」の組織から狙われている老博士のために、必要とするデータを計算し、老博士にコントロールされて脳の洗いだしや、シャフリングに従事する。また「記号士」たちの勢力に追われて閉じこめられてしまった老博士を救い出すために、老博士の孫娘と一緒に地下の世界で危険にさらされて活動する。

「僕」のイメージの「街」の生活の光景である「世界の終り」の物語と、東京の地下で「記号士」に奪われれば、世界が破滅にひんするような大切なデータを守るために活動する「私」の物語である「ハードボイルド・ワンダーランド」の世界とは、この作品では交互に語られながら、ふたつの物語とも最後のカタストロフィ(破局)に近づいてゆく仕掛けになっている。主人公の脳は、ほんとは老博士の発明のデータ処理のために、手術を受けており、余命もなく消滅して、不死の世界あるいは「世界の終り」へ行かなければならない。「世界の終り」の「街」では「僕」は影だけを「街」の外に脱出させ、じぶんは「心」を喪失したまま不死の世界で、図書館の「夢読み」を手伝ってくれた女の子と暮らそうと決心する。「自分の意志で選んだことといえば、博士を許したこととその孫娘と寝なかったことだけだった」。やさしい受身の生活者である主人公に、作者はもの哀しい「冒険」と「死」の物語を与えている。

わたしたちはちょうど、主人公の「私」が「ハードボイルド・ワンダーランド」の世界で、最後の眠りに就いたとき、「世界の終り」の街で「影」だけを「街」の外へ脱出させた「僕」が、平穏だが「心」が欠けた不死の街で永久に生きつづけようと決意する場面とを重ね合わせながら、作品を読み了える。

なんとなくこう言いたくなる。御苦労さん作者さん。御苦労さん読者さん。まず衆目のみるところ、もっとも希望をつなげる意欲的な若い世代のホープたる作者が、精いっぱい物哀しく、明るく軽い抒情をみなぎらせて、知的なたわむれの世界を繰りひろげてみせてくれた。わたしはこれくらいのSF的な道具だてだったら半分の長さに縮めるべきだったとおもう。流れの濃度が淡くゆっくりで、しかも細部がつまっているので、読みとおすのが困難だった。でもたぶん、その本質が恐怖でもなく、はぐらかしの幻想性や幼児性でもなく、またいやに通俗的な古い情念の劇《ドラマ》でもなく、明るく軽く物哀しい終末感と日常的な倦怠感とを、高い質でみなぎらせたＳＦ的な世界を、この作品ではじめて、わたしたちは見ることができたのだといえよう。

像としての文学（一）

1

文学作品の批評のことで、いまいちばん難しいなと感じ、何とかして解きたいものだとかんがえることは、いくつかすぐにおもいつく。作品の読みをすこしかんがえる場所にうつすと言いかえるべきかもしれない。場面の批評は批評的に作品を読む。批評は批評的に作品を感じる。おなじように批評は、批評的に作品をかんがえる。言語が像《イメージ》を産み出すには適しないで、ときには「生命のない、空虚な、抽象的なものだ」とおもわれるほどなのに、心をおどらせながら文学作品をたどって、あげくに文字のあいだから期待するものが、あまり鮮明でない場面での輪郭のあいまいな像《イメージ》なのはどうしてか。像《イメージ》としての言葉といったら形容矛盾にしかならないが、作品が文学として実現するのは、極論すればこの形容矛盾いがいではない。形容矛盾だから作者が言葉で像《イメージ》をつくりあげようとしているのか、像《イメージ》としてある場面をできるだけうまく記述しようとおもって書けば、きっと像《イメージ》は喚起されるはずだと信じているのか、あるいは像《イメージ》などまったく意図しなかったのに、結果として言葉が、像《イメージ》をおぼろ気に喚起してしまったのか、まったくはっきりしない。そこは文学作品が作者のほうからかかえこんでいる自己矛盾があるようにみえる。現在、切実な批評的な課題があるとすれば、文学作品が実現しているこの自己矛盾の場所が、わたしにはいちばんおおきくさし迫ってくる。文学作品を像《イメージ》という場所で批評することができるか、できるとしたらどんな根拠からなのか。

わたしたちにはふたつの考え方がありそうにみえる。ひとつは言葉の「概念」はそのなかに触覚的な反射や視覚的な反映のような、いわば原生的な身体の身ぶり反応を内包していて、生命の無意識を折り畳んだ糸のように含んでいるとみなすことだ。言葉の「概念」は手で触れることもできないし、耳で聴くことも、眼で視ることもできない。触覚的なもの、視覚的なもの、聴覚的なものは、現実には「概念」にかかわることができない。だがそれらの知覚的なもののすべては、折り畳まれた生命反映を無意識として積みかさねた形で「概念」のなかに含んでいる。「概念」にはいまはどんな知覚的な形や姿の像もないが、ほんとにないのではない、ただ生命は視えない糸の姿で折り畳まれているのだ。この視かたには、言葉の「概念」がさまざまな感覚的な生理反射や反映のながい歴史のはてに獲得されたものだという理念が、ひとりでに含まれている。

もうひとつ、まったくべつの考え方が成り立ちうる。人間にとっては言葉の「概念」は真っ先に手にいれたもので、外部の世界は自然物も人工的なものもみんな「概念」にしたがって、形や姿を造られたのだとみなすことだ。たとえば杉の樹林が三角錐の形や姿をもち、立ちならんで山の斜面を占めているのは、人間の「概念」がそんな杉の形や姿と、山の斜面の景観の像《イメージ》をもっていたために、その像にしたがって造りだされたのだとみなす。自然物やその景観でさえ、人間の「概念」が内包する知覚の胚芽のとおりに自身を造りだす。この考えはいくぶん神秘的にみえるから、自然物の形や姿や景観をえらぶときでさえ人間は「概念」の規定性である判断によって、それが最適にみえ、こころよく感じられるようにえらぶものだといいかえてもよい。言葉の「概念」が真っ先に手に入れられたもので、知覚はあとから「概念」の系列下にはいるものだとすれば、言葉の「概念」がときとして像《イメージ》を喚び起こす力をもつことは、ありうることだとかんがえられる。

しかしこの可能性は、弱い力にしかならないから、問題はいまでも何ひとつ解かれてないままだ。言葉の「概念」が喚び起こす薄明のような微かな像《イメージ》が、なぜ貴重品のように文学作品をささえているのか。グラフィカルな映像や画像にくらべたら、その鮮明さ、輪郭と形態と色彩の確かさ、直截さ、それに高度さで比較にならないほど劣っているとしかかんがえられない言葉の〔概念〕が喚起するぼんやりした像《イメージ》が、映像や画像に拮抗し、あるばあいには芸術性でそれより優位だとみなされる根拠は何なのか。

2

死んだ友人の恋人と「僕」はゆっくりと親しくなってゆく

(1)秋が終り冷たい風が吹くようになると、彼女は時々僕の腕に体を寄せた。ダッフル・コートの厚い布地をとおして、僕は彼女の息づかいを感じとることができた。でも、それだけだった。僕はコートのポケットに両手をつっこんだまま、いつもと同じように歩きつづけた。僕も彼女もラバー・ソールの靴をはいていたので足音は聞こえなかった。プラタナスのくしゃくしゃになった枯葉を踏む時にだけ、乾いた音がした。彼女の求めているのは僕の腕ではなく、誰かの腕だった。彼女の求めているのは僕の温もりではなく、誰かの温もりだった。少くとも僕にはそんな風に思えた。

彼女の目は前にも増して透明に感じられるようになった。どこにも行き場のない透明さだった。時々彼女は何の理由もなく、僕の目をじっとのぞきこんだ。そのたびに僕は悲しい気持になった。

（村上春樹「螢」）

作品にそくしていえば「僕」の高校の親友が、車に排ガスを呼びこんで理由がわからない自殺を遂げたあと、その親友の恋人で、いつも三人で遊びまわっていた少女と、吹き寄せられるように、ときどきデートをつづけて、ある時期を経たときの描写だ。無意識のところに「僕」と亡友の「恋人」とは、どこかしっくりいかないところがあって、みえないほんのすこしの壁にさえぎられて親和できないままになっている。それがこの描写のモチーフなのだ。

ここでは作品を論じようとしているのではない（けっきょくは作品を論ずることなのだが）。言葉の「概念」とそれが喚起する像《イメージ》とが、どんな姿であらわれるものか、はっきりさせたいのだ。この作品が実例のひとつにすぎないという意味では、作品論をしようとしているのではないが、言葉の「概念」と喚起される像《イメージ》がどんなあらわれ方をしているかに言及したいということでは、作品論にはちがいない。

この引用の個所から、すくなくとも「概念」とそれが喚起する像《イメージ》の関係は、すぐにふた通りみつけられる。

1、まず、くりひろげられた文体の〔意味〕をたどるとき、その〔意味〕にそって喚起される像《イメージ》である。たとえば「彼女は時々僕の腕に体を寄せた。ダッフル・コートの厚い布地をとおして、僕は彼女の息づかいを感じとることができた。でも、それだけだった。」

という文体の〔意味〕にそのままそって、「僕」のコートの腕にときどき片方の手をさしこみ、べつの片方の手をさり気なくそえながら歩いている男女の像《イメージ》をよびおこされる。この作者の文体はさり気ないようで、じつは像《イメージ》の喚起力がつよく、それは作品を優れたものにしているおおきな要素になっている。

　ところでこの作者の特質は「概念」とよびおこされる像《イメージ》との、もうひとつのかかわり方にあるといっていい。

　2、「彼女の求めているのは僕の腕ではなく、誰かの腕だった。彼女の求めているのは僕の温もりではなく、誰かの温もりだった。」この文体からよびおこされる像《イメージ》は、この文体の〔意味〕にそっているわけではない。腕を貸しあって歩いている男女が、ほんとの親愛感を与えあえず、温もりの感じも、ほんとにはもてないでいる姿の像《イメージ》である。そのうえなお女の方は、じぶんが心をあずけていると錯覚しているかもしれないのに、男の方は女が恋人をなくしたあと、その寂しさを代償してくれる腕なら誰の腕でもよく、温もっていればどんな男の温もりでもいいとしか感じていないとおもって、どうしても安らぎをもてない。そんな男の内面の像《イメージ》、いってみればメタフィジカルな像《イメージ》がよびおこされる。このばあい、言葉の「概念」と、それによって喚起される像《イメージ》との関係は、ほんとうはグラフィカルな映画や画像にはまったく存在しないもので、言語の表現に特有な「概念」とその喚起する像《イメージ》との固有な関係といえる。それは根源的にいえば「腕」とか「温もり」とかいう言葉が〈依るべき男の腕〉とか、もたれあっているときの〈体温の温もりの感覚〉とかのフィジカルな「概念」だけではなく、〈依るべき本体〉とか〈温かい親愛〉のような、いわば生命の像《イメージ》ともいうべきものをふくんでいるからだ。この生命の像《イメージ》ともいうべきものの姿は、言葉の「概念」に対応する〔意味〕によって喚起される像《イメージ》ではなくて、〔意味〕にむかって直交する「概念」のなかに折り畳まれた生命の糸が、「概念」から融けだすことで得られるのだ。

(2)僕はいつも本を読んでいたので、みんなは僕が小説家になりたがっているのだと思っていたが、僕は小説家になんかなりたくはなかった。何にもなりたくなかった。

僕はそんな気持を何度か彼女に話そうとした。彼女なら僕の考えていることを正確にわかってくれそうな気がした。しかし僕にはうまく話すことはできなかった。彼女が最初に僕に言ったように、正確な言葉を探そうとするとそれはいつも僕には手の届かない闇の底に沈みこんでいた。

土曜日の夜になると、僕は電話のあるロビーの椅子に座って、彼女からの電話を待った。電話は三週間かかってこないこともあれば、二週つづけてかかってくることもあった。それで土曜日の夜にはロビーの椅子の上で彼女の電話を待った。土曜日の夜には大半の学生は遊びにでかけていたから、ロビーはたいていしんとしていた。僕はいつもそんな沈黙の空間に浮かぶ光の粒子を見つめながら、自分の心を見定めようと努力してみた。誰もが誰かに何かを求めていた。それは確かだった。しかしその先のことは僕にはわからなかった。僕が手をのばしたそのほんの少し先に、漠然とした空気の壁があった。

（「螢」）

「僕」と自殺した親友の「恋人」との、あまり進みもしないし退きもしない、また親愛の気持にはなっても、男女のあいだの愛情にはなかなかなっていかない、停滞した「僕の」心の困惑を描きたいモチーフがある。ここでは言葉の「概念」は、よりおおく「僕」の心のメタフィジカルな動きを叙述し、それを説明したがっている。いってみれば言葉による表現の特性をいちばんよく発揮している。わたしたちがこの文体の描写力に感銘をうけるとすれば、大部分は言葉の「概念」に折り畳まれた生命の糸の量に感銘しているのだ。だがほんのすこしの部分は、それとはちがう。それは「誰もが誰かに何かを求めていた。それは確かだった。しかしその先のことは僕にはわからなかった。僕が手をのばしたそのほんの少し先に、漠然とした空気の壁があった。」という個所にあらわれている。ここでも言葉の表現に特有な「概念」の〈意味〉にそって、わたしたちは言葉に折り畳まれた生命の糸の量をうけとっている。そして感銘をうけるとすればその量の思いがけない豊富さからだ。でもそれだけではない。この個所にはよびおこされた像《イメージ》が二重になっている。亡友の恋人が「僕」とは限らない「誰かの腕」、「誰かの温もり」を求めているように、じぶんもまた「誰かに何かを求め」ている。だが「その先のこと」は「僕」にはわからないという文体に乗って、「彼女」からの電話をロビーの椅子で待ちながら、でもどうしても「彼女」とのあいだにそれ以上の親密な距離がゆるされない「壁」があることに思い患っている「僕」の像《イメージ》が、二重になってみえる。必要ならこういう像《イメージ》のよびおこされ方もまた、言葉の表現に特有なものだといっていいのだ。

わたしたちはたぶん、この「螢」という作品が優れたものだという理由を解りかけてきている。

もすこし先のところで「僕」と、亡友の恋人だった「彼女」との停滞した関係が、破局〈カタストロフ〉に遭遇する場面に出会う。ある日「彼女」は「僕」とのデートのとき、珍しくよくしゃべり、子供のころのこと、学校のこと、家庭のことなどを、くわしくとめどなく四時間もしゃべりつづける。「僕」はしだいにさめた気持でレコードをかけたりしながら聴いているが、最終電車のことが気になって、「彼女」のお喋りを中絶させてしまう。

ふたりのあいだの気持の齟齬があらわになる場面

(3)「あまり遅くなっても悪いからそろそろ引きあげるよ」と僕は言った。「近いうちにまた会おうよ」

僕の言ったことが彼女に伝わったのかどうかはわからなかった。彼女はほんの少しのあいだ口をつぐんだだけで、またすぐにしゃべりはじめた。僕はあきらめて煙草に火をつけた。こうなったら彼女にしゃべりたいだけしゃべらせた方が良さそうだった。あとのことはなりゆきにまかせるしかない。

しかし彼女の話は長くはつづかなかった。ふと気がついた時、彼女の話は既に終っていた。言葉の切れ端が、もぎとられたような格好で空中に浮かんでいた。正確に言えば彼女の話は終ったわけではなかった。どこかで突然消えてしまったのだ。彼女はなんとか話しつづけようとしたが、そこにはもう何もなかった。何かが損われてしまったのだ。彼女は唇を微かに開いたまま、ぼんやりと僕の目を見ていた。まるで不透明な膜をとおしたような、そんな視線だった。僕はひどく悪いことをしてしまったような気がした。

「邪魔するつもりはなかったんだ」と僕は一言ひとことを確認するようにゆっくりと

言った。「でももう時間も遅いし、それに……」

彼女の目から溢れた涙が頬を流れ、レコード・ジャケットの上に音を立てて落ちるまでに一秒とかからなかった。最初の涙が流れてしまうと、あとはとめどがなかった。彼女は両手を床につき、まるで吐く時のような格好で泣いた。僕はそっと手を伸ばして彼女の肩に触れた。彼女の肩は小刻みに震えていた。それから僕は殆んど無意識に彼女の体を抱き寄せた。彼女は僕の胸の中で声を出さずに泣いた。熱い息と涙とで僕のシャツが濡れた。彼女の十本の指がまるで何かを探し求めるように僕の背中を彷徨っていた。僕は左手で彼女の体を支え、右手で細い髪を撫でた。僕は長いあいだ、そのままの姿勢で彼女が泣き止むのを待った。彼女は泣き止まなかった。

*

その夜、僕は彼女と寝た。そうすることが正しかったのかどうか僕にはわからない。でも、それ以外にどうすればよかったのだろう?

女の子と寝るのは本当に久しぶりだった。彼女の方はその時が初めてだった。僕はどうして彼と寝なかったのか訊ねてみた。でもそんなことは訊ねるべきではなかったのだ。彼女は何も答えなかった。そして僕の体から手を離し、僕に背中を向けて窓の外の雨を眺めた。僕は天井を眺めながら煙草を吸った。

（「螢」）

ほとんど説明するを要しない。夢中になって身の上話をしている「彼女」は無意識のうちに、もう恋人としての親和を「僕」に求めているのに「僕」は最終電車の時間が気になって「彼女」の身の上話に横やりをいれてしまう。これが決定的な破局（カタストロフ）を象徴する行為になっていることを「彼女」は全身で感受して、身の上話を中絶してしまい、もうおしまいだと感ずる涙を流す場面だとみてよい。

その夜はじめて「僕」が「彼女」と「寝た」としても恋愛の終りを確認することにしかならない。それがこの場面のモチーフだ。

この「螢」という作品が優れている所以も、優れている度合も、この場面がよく象徴している。親密度は深くなってゆくが、どうしても恋愛感情には行かない、そうかといって離れるには寄り合いすぎている男女の様子とその破局を、これだけ見事に数十行で書き尽せるところに、作品の良さは尽きている。

ここでは文体の展開される意味に沿って「概念」がよびおこす像《イメージ》が浮きあがってくるので、「概念」とその像《イメージ》とのあいだに格別の新しい様子があるわけではない。ただ文学作品に固有なものだというだけで、特異なところは少しもないのだが、文体により展開される折り畳まれた生命の糸は、とても豊富だといえる。この生命の重畳量の豊富さが、とりもなおさず作品の頂点をつくっている。それがこの「螢」という作品をいいものにしているおおきなわけになっている。それと一緒にここでは、文体に沿った「概念」の流れに対応した像《イメージ》のほかには、ほとんど特異な像《イメージ》がよびおこされていない。そこに注意すべきだ。

ここで像《イメージ》としての文学作品について、ひとつのことに向きあっている。そういうより「螢」という作品の鍵になることにぶちあたっているといった方がいい。この作品の像《イメージ》の価値をつくっている場面は、かなりはっきり二つの質のちがいに分れてあらわれている。ひとつは、展開される文体の意味「概念」によってよびおこされる像《イメージ》が、「概念」にふくまれた生命の重なりの量と二重になってうみだされている場面だ。わたしたちが文学作品(言語の芸術)とかんがえているものの根柢にある特質は、この「概念」のなかに折り畳まれた生命の重なりの密度と、文体の〔意味〕が展開されるにつれて「概念」の流れによびおこされる像《イメージ》との二重性をさしている。そしていい作品は、そのうえもうひとつ、文体につれて流れる「概念」とはまるでかかわりないかにみえる像《イメージ》をよびおこす場面をもっている。それが文学作品の像《イメージ》を多彩にしている。言語の「概念」の流れに折り畳まれた生命の糸のつよい重なりと、「概念」がよびおこすため、グラフィカルにはぼんやりしているが、それに反比例するような多彩な像《イメージ》が、文学作品を芸術にしている本質だといえよう。

「概念」がよびおこす像《イメージ》は文学作品のなかで文体の〔意味〕にそった像《イメージ》と、文体の〔意味〕からかけ離れた像《イメージ》とを二重によびおこす。「螢」ではこの意味的な像《イメージ》と非意味的な像《イメージ》とふた色に分れた場面の系列であらわれている。それがこの作品の特徴だといえよう。文学作品の「概念」的な意味と、それがよびおこす像《イメージ》の関係の根柢には胚芽のように「概念」に折り畳まれた生命の糸の重なりが横たわっているようにみえる。この折り畳まれた生命の糸は、たぶん存在が存在自体を反省したときの残像である〔純粋本質〕と、存在がそのもの自体であるような〔具体的な存在物〕の像との、主観内での統一から成りたっているようにみえる。言語の「概念」〔具体的な存在物〕がその像《イメージ》を喚起するとき、その像《イメージ》は〔純粋本質〕によって産みだされるものと、〔具体的な存在物〕の表象によって産みだされるものとに分割される。そしてこのふたつの組合せで多様な形をとるようにおもえる。すべては言語の「概念」に折り畳まれた生命の糸の重なりから由来している。その像《イメージ》の強度はまったくとるにたりないとしても、言語の「概念」は、一見するとその「概念」がつくりだす意味とは、まったく無関係にみえるような像《イメージ》を産みだし、それがグラフィックな映像や画像のように一義的（アインドイッティッヒ）でないノン・グラフィックな像《イメージ》を産みだせる理由だとおもえる。

作品「螢」はといえば、いままでみてきたところで、もうおわっているはずの「僕」と自殺した親友の恋人である「彼女」との関係の物語を、作品の外枠にきちっとおさめるための架橋工作をほどこすだけがのこされている。ふたりの関係をおしまいにする機会をこしらえてしまった「僕」に、一年休学という形で姿をけした「彼女」からの手紙がやってくる。

「彼女」の手紙には愛でないものを愛のように振舞ったじぶんの行為に優しく対応してくれた「僕」への感謝と詫びの言葉が書かれている。この「彼女」の手紙で、作品のなかでもふたりの関係はおわってしまう。手紙は「僕」のなかに「悲しみ」をのこす。愛でないものを愛にするために協力して下さいと無言で訴えかけているような「彼女」のかなしい透明な視線の記憶が「僕」によみがえるのだ。

この「僕」と「彼女」のかなしいようなかかわりあいの物語の全体は、作者によって「僕」の同居人が夏休みの帰郷のおり、インスタント・コーヒーの瓶につめてのこしていった、ぼんやりと弱い光を放つ「螢」によって暗喩される。この暗喩は作品の外在的な世界を整えるために、作者がしつらえたものといえよう。

(4)僕は螢の入ったインスタント・コーヒーの瓶を持って屋上に上った。屋上には人影はなかった。誰かがとりこみ忘れた白いシャツが洗濯ロープにかかって、何かのぬけがらのように夕暮の風に揺れていた。僕は屋上の隅にある錆びた鉄の梯子を上って、給水塔の上に出た。円筒形の給水タンクは昼のあいだにたっぷりと吸い込んだ熱で、まだ温かった。狭い空間に腰を下ろし手すりにもたれかかると、ほんの少しだけ欠けた白い月が目の前に浮かんでいた。右手には新宿の街が、左手には池袋の街が見えた。車のヘッド・ライトが鮮かな光の川となって、街から街へと流れていた。様々な音が混じりあったやわらかなうねりが、まるで雲のように街の上に浮かんでいた。

瓶の底で、螢は微かに光っていた。しかしその光はあまりにも弱く、その色はあまりにも淡かった。僕の記憶の中では螢の灯はもっとくっきりとした鮮かな光を夏の闇の中に放っているはずだ。そうでなければならないのだ。

僕は瓶のふたを開け、螢をとり出して、三センチばかりつきでた給水塔の縁に置いた。螢は自分の置かれた状況がうまく把めないようだった。螢はボルトのまわりをよろめきながら一周したり、かさぶたのようにめくれあがったペンキに足をかけたりしていた。しばらく右に進んでそこが行きどまりであることをたしかめてから、また左に戻った。

それから時間をかけてボルトの頭の上によじのぼり、そこにじっとうずくまった。螢はまるで息絶えてしまったみたいに、そのままぴくりとも動かなかった。
僕は手すりにもたれかかったまま、そんな螢の姿を眺めていた。長いあいだ、我々は動かなかった。風だけが、我々のあいだを、川のように流れていった。けやきの木が闇の中で無数の葉をこすりあわせた。
僕はいつまでも待ちつづけた。

螢がとびたったのはずっとあとのことだった。螢は何かを思いついたようにふと羽を拡げ、その次の瞬間には手すりを越えて淡い闇の中に浮かんでいた。そしてまるで失われた時間を取り戻そうとするかのように、給水塔のわきで素早く弧を描いた。そしてその光の線が風ににじむのを見届けるべく少しのあいだそこに留まってから、やがて東に向けて飛び去っていった。

（「螢」）

たとえば「螢は自分の置かれた状況がうまく把めないようだった。」というような個所から、この文体に描かれた「螢」とはかかわりなく作品の「彼女」の振舞いを像《イメージ》としておもいうかべることもできるはずだ。もちろんもうひとつの可能性の方がここでは大切だ。

作品の全体に物語として展開された「僕」と「彼女」との齟齬の愛を、いわば言語の大文字の「概念」だとすれば、すべてがおわったあとで「僕」が寮の屋上へ上って放つ「螢」の描写は、その大文字の「概念」がよびおこす大文字の像《イメージ》なのだということの方が。わたしたちはもう像《イメージ》としての文学作品の全体性の評価の方法にはいってゆくべきだ。

像としての文学（二）

1

どんな文学作品にも作者が無意識にか、または意識してかしつらえた〈入口〉があるかぎり、かならず〈出口〉があるといっていい。わたしたちがふつう作品を読むという行為でやっていることは、作者がしつらえたかあるいは仕掛けたにちがいないこの〈入口〉をみつけ、そこから作品の世界に入り、その世界をたどり、やがて〈出口〉をみつけだして、そこから出てくるまでの行為をさしている。

ところで作品の〈入口〉とは何か。それはどうやって知ることができるのだろう。それは〈入口〉という概念の定義からいうをまたない、作者のモチーフが最初に鮮明にされている個所、もしかして最初で最後であるかもしれない、モチーフが口を開けている個所だ。それがなければ作品は書かれる必要がないわけだから、必ず〈入口〉はあるのだ。わたしたちは作者が作品にこめたとおもわれるモチーフが、いちばん鮮明に集約されたとみなされる個所をさがせばよい。それは言葉の概念が喚起する像《イメージ》によってか、あるいは概念に折り畳まれた生命の糸の重なりの濃密さによってか、あるいは場合によってはこの両方がたった数行あるいは数十行のうちに二重に表象された個所によってか、さがしあてることができる。

村上春樹の作品「螢」でいえば、ある日「彼女」が「僕」とデートのとき、めずらしく一方的によくしゃべる。子供のころのこと、学校の時代のこと、家族のことなどを、憑かれたようにとめどなく、詳しく長時間しゃべりつづけ、それに反比例するように「僕」はしだいに醒めた聴き役に変貌し、終電車の時間などを気にして、「彼女」の身の上話の腰を折ってしまう個所が、この作品「螢」の〈入口〉にあたっているのだ。いままで親密さを増してゆくのにどうしても恋愛感情になってゆかない「彼女」と「僕」の距たりを、無意識につめようとして身の上話をはじめる「彼女」と、それを聴きながら醒めたひややかな表情になってゆく「僕」とが、いわば一方が斜面を駈けのぼろうとすると、他の一方が反対側の斜面を駈けおりてしまう齟齬の描写として、いちばん鮮明に一挙に描かれた個所だからだ。そして「螢」という作品は、さまざまな道具立てをもち、挿話をしつらえてあるが、作品のライト・モチーフは亡友の恋人であった「彼女」と「僕」との恋愛の齟齬にあるとおもえるから、この個所が作品の〈入口〉にあたっているとみなしても、たぶん間違っていない。

では作品「螢」の〈出口〉はどこにあるのか。わたしの考えでは、本来的には作品の〈入口〉がそのまま〈出口〉と重なっていることが、この作品のいちばん重要な特徴ともえる。もっと詳しくいえば、「彼女」が「僕」との親和感を一挙に恋愛感情にまで変貌させようとする無意識の願望から、身の上話をはじめるにつれて、だんだんと醒めてゆき終電車のことなど持ち出して「彼女」の話の腰を折ってしまう「僕」の心の動きの減衰してゆく描写が、作品の〈出口〉になっているのだ。この個所が作品に内在する本質的な〈出口〉だ。

ところで作者は〈出口〉を人工的に造作して、作品の世界の枠組を整えたかった。いわば小説らしい小説の枠組を構成したくて、外在的に構成された〈出口〉をつくろうとした。これが夏休みに帰郷する同宿の学生がのこしていった瓶づめの螢を、屋上に放つときの描写にあたっている。螢は弱々しく淡い色の光を放ち、瓶からだして給水塔の縁においてやっても、とまどうだけで飛びたとうともせず、うずくまってしまうが、ながい時間をかけたあと、何かを思いついたように闇のなかにとび去ってゆく。その描写で「彼女」の振舞いを暗喩させている。もちろんこれが作品の終りの個所にしつらえられた〈出口〉なのだが、いわば構成的な〈出口〉であり、はるか以前に作品に本質的にうがたれた〈出口〉はおわっている。

※編集部註　「像としての文学」の（二）は1～4まであるが、本書では1のみを収録した。

走行論

1

　おいしさ。舌があれてゐると、味がわからなくて、ただ量、或ひは、歯ごたへ、それだけが問題になるのだ。せつかく苦労して、悪い材料は捨て、本当においしいところだけ選んで、差し上げてゐるのに、ペロリと一飲みにして、これは腹の足しにならぬ、もつとみになるものがないか、いはば食慾に於ける淫乱である。私には、つき合ひきれない。

　料理は、おなかに一杯になればいいといふものでは無いといふことは、先月も言つたやうに思ふけれども、さらに、料理の本当のうれしさは、多量少量にあるのでは勿論なく、また、うまい、まづいにあるものでさへ無いのである。料理人の「心づくし」それが、うれしいのである。心のこもつた料理、思ひ当るだらう。おいしいだらう。それだけでいいのである。宿酔を求める気持は、下等である。やめたはうがよい。時に、君のごひいきの作者らしいモームは、あれは少し宿酔させる作家で、ちやうど君の舌には手頃なのだらう。しかし、君のすぐ隣にゐる太宰といふ作家のはうが、少くとも、あのおぢいさんよりは粋《いき》なのだといふことくらゐは、知つておいてもいいだらうネ。

（太宰治「如是我聞」）

中野好夫と志賀直哉に悪たれながら、晩年の太宰治がじぶんの話体小説の核心をのべたものだ。じぶんでは「せつかく苦労して、悪い材料は捨て、本当においしいところだけ選んで、差し上げてゐるのに、ペロリと一飲みにして、これは腹の足しにならぬ、もつとみになるものがないか」などとけちをつけられてはかなわぬというのが太宰治の言い分であった。このとき太宰治の内心を占めていた暗鬱はふたつある。ひとつは新約聖書のいう「己れを愛するがごとく、汝の隣人を愛せ」ということが、じぶんにできるのかという桁はずれの倫理を内心で生真面目に追いつめながら、転落体を装った話体作品にしかそれを吐き出すすべがないという苛立ちであった。もうひとつは、このばあいの隣人というのが、太宰治の具体的な像《イメージ》としては妻子の姿としてうかんできたように、所詮は「三人の虚弱の幼児をかかへ、夫婦は心から笑ひ合つたことがなく」という家族のありさまが、いつでも崩壊寸前の姿でじぶんをおびやかすかにおもえたことだ。じぶんは愛を持続する能力が欠けているのではないかというおもいと、なぜ見かけだおしでも、どっしりした小説を、じぶんは書けないかというおもいとは、つながっていた。作家の作品のつくり方と、かれの家庭のつくり方とは対応しているというのが暗鬱の根源だったし、また晩年の太宰治の実感による発見だったといってよい。太宰治のこの発見を外延すれば、話体は家族を囲う塀をつくれないということになるし、家族のそとに家族の内とおなじ速さで走行するには、話体をつかうといいことになる。おなじいい方をすれば、文学体で家族のそとに走行するには、ただ想像力を飛躍させるほかはない。またいちばん重おもしい文学体は、家族のメンバーが書斎に入ることも、書斎のそとで音をたてることも禁止した密室のなかで、家族をぴりぴりと神経質にさせながら書記されるものだということになる。これもまた太宰が洞察したところだったといってよい。

彼は所謂よい家庭人であり、程よい財産もあるやうだし、傍に良妻あり、子供は丈夫で父を尊敬してゐるにちがひないし、自身は風景よろしきところに住み、戦災に遭つたといふ話も聞かぬから、手織りのいい紬なども着てゐるだらう、おまけに自身が肺病とか何とか不吉な病気も持つてゐないだらうし、訪問客はみな上品、先生、先生と言つて、彼の一言隻句にも感服し、なごやかな空気が一杯で、近頃、太宰といふ思い上つたやつが、何やら先生に向つて言つてゐるやうですが、あれはきたならしいやつですから、相手になさらぬやうに、（笑声）それなのに、その嫌らしい、（直哉の曰く、僕にはどうもいい点が見つからないね）その四十歳の作家が、誇張でなしに、血を吐きながらでも、本流の小説を書かうと努め、その努力が却つてみなに嫌はれ、三人の虚弱の幼児をかかへ、夫婦は心から笑ひ合つたことがなく、障子の骨も、襖のシンも、破れ果ててゐる五十円の貸家に住み、戦災を二度も受けたおかげで、もともといい着物も着たい男が、短か過ぎるズボンに下駄ばきの姿で、子供の世話で一杯の女房の代りに、おかずの買物に出るのである。

（「如是我聞」）

もちろん太宰治は、じぶんの話体と志賀直哉の文学体との文体的な相違から逆に、じぶんの家族と志賀直哉の家族とを、空想的に道化た誇張で対比させてみせた。ふたつの家族像が当っているかどうかではなく、文体的な差異の暗喩になっているかどうかが肝要だった。そのころわたしみたいな若い読者には、じっさいの太宰の家族が志賀直哉に劣らず（と想像する）格調のあるものだということが、うまくわからなかった。また太宰の話体でときとして吹き出したくなるようなユーモアに出会うとき、それがいつもある種の絶対感情に裏うちされている理由が、その家族感情の崩壊の危機からきていることを、よく理解できなかった。これはまたひとつの対偶をもっていた。家族に塀をめぐらして囲うことができない太宰の話体は、それに相応して構成的な物語を塀の外部に造りあげる苦心が必要であった。それにたいして家のぐるりに塀もあり、屋敷の内部に井戸もあり、祠もありといった志賀直哉の文学体は、随筆的な構成でもそのまま塀の外側の世界に通用させて、それほどおかしくなかった。これはまた太宰治の眼には不都合なものとみえたのである。何となれば、志賀直哉にとっては、家の塀の内側を目的もなく散歩するのとおなじ構えで外側に歩行すれば、ひとりでに作品の濃度が生まれたのにたいして、どんな形にせよ太宰治の方は内側と外側がはっきり区別できる速さで走行するほかに、作品らしい作品がつくられる根拠がなかったからだ。

志賀直哉といふ作家がある。アマチュアである。六大学リーグ戦である。小説が、もし、絵だとするならば、その人の発表してゐるものは、書《しよ》である、と知人も言つてゐたが、あの「立派さ」みたいなものは、つまり、あの人のうぬぼれに過ぎない。腕力の自信に過ぎない。本質的な「不良性」或ひは、「道楽者」を私はその人の作品に感じるだけである。高貴性とは、弱いものである。へどもどまごつき、赤面しがちのものである。

所詮あの人は、成金に過ぎない。

「暗夜行路」

大袈裟な題をつけたものだ。彼は、よくひとの作品を、ハッタリだの何だのと言つてゐるやうだが、自分のハッタリを知るがよい。その作品が、殆んどハッタリである。詰将棋とはそれを言ふのである。いつたい、この作品の何処に暗夜があるのか。ただ、自己肯定のすさまじさだけである。

何処がうまいのだらう。ただ自惚れてゐるだけではないか。風邪をひいたり、中耳炎を起したり、それが暗夜か。実に不可解であつた。まるでこれは、れいの綴方教室、少年文学では無からうか。それがいつのまにやら、ひさしを借りて、母屋に、無学のくせにてれもせず、でんとをさまつてけろりとしてゐる。

（「如是我聞」）

絵ではなく書だ、詰むかどうかわからないおののきなどすこしもなく、詰むにきまっている詰将棋だという比喩が語っているものが、太宰治の眼に映った志賀直哉の作品の本質であった。太宰治が書だといっているもの、詰むにきまっている詰将棋だといっているものは、志賀直哉の欲望と判断力が融和して自然な過不足ない表現ができあがっているものをさしていよう。これが欲望の過剰か欲望の欠如としてしか倫理の表現になりえない太宰の資質からは、やりきれないおもいだったにちがいない。

2

ここでもう少し太宰治の話体の走行線のフラクタルにまでたちいってみる。晩年の崩壊しかかった家族を崖ふちにおいて、居直りの話体を繰りだしている太宰治ではなくて、円熟に達した時期の太宰治の話体を見るためにたとえば作品「乞食学生」をとってみる。ここでは揺ぎなく強固な塀とはいえないが、家の囲りにはしかるべき一戸の市民の家らしい塀がしつらえられている。そして作者の話体の走行線が、ともすればこのあまり強固でない塀を乗りこえて外部へ走ってゆきそうになるのを、家の塀囲いの内側に引きもどそうとする。その微妙な均衡のうえで屈伸を繰り返している話体といえる。

(1)「私」は夢を見る。さきほど玉川上水の堤で出会った「乞食学生」が、夢の中にでてきて家庭教師をしている金持ちのドラ娘が撮ってきた北海道の風景の十六ミリを、娘がとりまきを集めてやる映写会で、弁士になって代りに説明して、お客の御機嫌を取り結ぶ役をしなくてはならないと訴える。「私」は貧困にうちひしがれてやけになっているその学生の心の屈折を否定して「自己優越を感じてゐる者だけが、真の道化をやれるんだ。」

すねて制服をたたき売って、玉川上水でやけになって泳いでるのは無意味だと説教する。

　これは話体の走行線を家の塀の内側にひき戻そうとする第一の屈折にあたっている。
(2)「私」は勢いを駆って、じぶんが乞食学生に代って映写会の弁士をやってやろう、たった一晩の屈辱だからと、「乞食学生」の学友のところに、制服制帽を借りに出かけ、じぶんが学生の恰好を作る。
　これは走行線を家の塀の内側に引きもどしたときに生ずるはずの第二の屈折を象徴する。
(3)いざ実行へということになったとき、「乞食学生」は、じつはもう映写会で屈辱的な弁士をやってしまった。その鬱屈から制服をたたき売り、やけ酒を飲んで留置されたんだと「私」に告白する。
　この告白は話体の走行線の第一の屈折が、じつはもう一度修正されなくてはならないズレを象徴する。
(4)そして「私」は「乞食学生」の鬱屈の行為のすべてを肯定し、制服を買い戻す金を与えて励ます。
　これは話体の走行線が再び家の塀の内側で塀を越える方向をむいて原点に戻ったことを意味する。
(5)作品「乞食学生」はここで終らない。じつはこれらはすべて「私」の夢の中の出来ごとであり、現実には大学生である「乞食学生」に呼び起されて、玉川上水の堤に寝ころんでいた自分にかえる。「私」は「やはり三十二歳の下手な小説家に過ぎなかった」。

ここで走行線は、再びあまり強固でない像《イメージ》に修正された家の塀を乗りこえようとしている。

太宰治の話体の走行線は、それぞれの時期でちがった像《イメージ》をもっている。だが個々の作品によっては変化をかんがえなくてもよい走行の像《イメージ》をつくれば、こういった話体の多重な屈折と修正で象徴させることができる。

現在太宰治との姻族を感じさせる話体の走り方を、見事な像《イメージ》で実現しているのは、村上龍の作品だといえよう。べつな言葉をつかえば時代と場所を平行移動し、自死のかわりに現在というシステムから寄ってたかって生きさせられている太宰治の無意識を仮定すると、現在の村上龍にあたるといってもいい。走行の原点と意味がまるで太宰とはちがっているが、この差異にはほんのすこしの感受性のちがい、大部分は時代と場所の質のちがいがふくまれているようにおもえる。

土曜日の夜いつものことだがオヤジは書斎で鉄道模型を造っていてアニキは自分の部屋でフランス語の本を読んでいてオフクロは居間で土曜ワイド劇場を観ていた。停電でエレベーターに閉じ込められた男と女が一発やって赤ん坊ができて数年後にもう一度同じエレベーターで会ってどうのこうのというひどいストーリーだった。コマーシャルになってオフクロが振り向き「キヨシちゃんその山梨のブドウおいしいでしょ？」とかん高い声で言った。今から考えるとどうでもいいことだがその時一瞬オフクロの尖った顎に蹴りを入れてやろうかと思った。言ったろ？　俺は今まで一万回くらい言ったろ？ちゃんなんて言うな、キヨシちゃんなんて呼ぶなよ、ブドウはうめえよ、うめえから食ってんだよ、山梨なんて知らねえよ、知らねえの俺は何にも知らねえ人間なの、ただうめえから食ってんだよ、文句あっか？　黙ってろ。途中で言い過ぎてるかなあと思ったがそういうのは止められない。オフクロは金持ちの娘の一番の欠点で苦労を知らないから飲んでいたビールのジョッキを壁に投げつけて、くやしい、と叫んだ。くやしい何であんたなんかにバカにされなきゃいけないの、と泣き出した。物音を聞いてオヤジが出てきた。オヤジは恐くない。殴らないからだ。アニキが二階から降りてくるまでに逃げなきゃならなかった。アニキは殴る。本気でやれば負けない自信はあるがアニキはいつも必死なのでつい気合い負けして殴られてしまうのだ。

（村上龍『走れ！　タカハシ』ＰＡＲＴ１）

この作品の家族は、いってみればぶっこわれたまま安定しているといってもいいし、安定したままぶっこわれているといってもおなじだ。家は高い塀をめぐらし、祠を造り、庭をしつらえても幻想のうえでは、ほとんど仕切りや境界がないにひとしい。べつのいいかたをすれば、家という意味の居住性と幻想性とが極端にわかれてしまっている。作者は現在の特別な家の特別な人間関係や個性を描き出そうとはしていない。ありふれた「外資系の商社の部長」のありふれた家族と高校生の「僕」を描いているだけだ。

この作者の話体の走行線は、このぶっこわれていてしかも平安な家の塀や庭の囲いを、空気や精霊のように自在に透過して走るといっていい。走行線は陰影もつくらないし屈折もしない。「僕」はおなじ町に住む「芸能プロダクションの社長」の娘の高校生吉村真理子と、娘の家族がいない留守に行って「やらせて貰」う。ここでも走り方にどんな陰影も屈折もおこらない。ただ「一発やらせ」てもらう行為が、そのままためらいも思い入れもなく接続されるだけだ。

事故でブッこわしたタクシイ代を稼ぐためにアルバイトの売り子にでた横浜球場で、女連れの吉村真理子の父親に見つかり、真理子の部屋へ、夜半の一時ごろ入ったところを防犯用の赤外線ポラロイドカメラで撮ったから、告訴すると脅される。だがここでも走行線になんの屈折もおこらない。吉村真理子の父親は「ゆっくり走るやつ」が嫌いで「速く走る奴」を見るのが好きだから、広島カープのタカハシヨシヒコが盗塁をきめたら告訴しないで済ましてやるという。

タツカワはセンターフライ、オオノは三振して、タカハシがバッターボックスに立った。ピッチャーはヒロセだ。一球目をタカハシは強引に叩いて一、二塁間を破った。ガランとなったネット裏に坐って、僕は大声をあげた。走れ！　タカハシ。吉村の父親がこっちを振り向いて、ニヤリと笑った。サングラスの女も僕を見た。女の顎も尖っていた。真理子を思い出した。今頃シャワーを浴びているだろう、あのすべすべした太腿に水滴が乗っているだろう、そう考えたらまた、勃起した。タカハシがリードをとる。ヒロセは二度、三度と牽制する。吉村の父親は汗を掻いている。首筋を流れる汗が黒いのに気付いた。髪を染めてるんだなと突然哀れに思った。不思議な優越感が僕の中に起こった。吉村真理子と一発やった時のことを鮮明に思い出し、父親の黒い汗を見て、優越感が湧き起こり、それはどんどんどんどん広がって球場全体より大きくなった。傷が痛むのもかまわず、僕はまた叫んだ。

走れ！　タカハシ！

そして、四球目にタカハシは本当に走った。ヤマサキが空振りをして助け、ツジのボールはショート寄りに大きくそれて、タカハシは悠然とセカンドベースに立った。吉村の父親は振り向かない。僕は、勃起したまま吉村真理子に電話するため立ち上がり通路を歩き始めた。もう一度吉村の父親を見る。背を向けたままだ。サングラスの女がこっちを見て僕と目が合うと、Vサインを送ってきた。どういうつもりなのかな、まったく……。

（『走れ！　タカハシ』ＰＡＲＴ1）

話体が走る速さは、太宰治に酷似している。もっと具象的な像《イメージ》をふくんだうえでいいなおすと、走行する歩幅（対象撰択力）と繰り出す速さ（流力）とが似ていて、散文話体としては極限にちかい速さをつくりあげているといえる。ではどこが異っているのか。太宰治の文体が屈曲によって像《イメージ》をつくりだしているとすれば、村上龍の文体は展伸のところで像《イメージ》をつくりだしている。たとえば村上龍の作品では「一発やらせる」というのは〈一回性交をさせる〉という意味で多用されている言葉だが、この語はじっさいの現在の性風俗よりもやや過剰に対象を展伸することで、性交行為にともなう陰影と屈曲を意図的に削りおとそうとしているとおもえる。また太宰治の話体では、家はあまり強固ではないが塀に囲まれた内部を、走行の出発点（基体）にしている。すくなくとも成熟期の作品ではそうだ。このあまり強固でも高くもない塀を乗りこえて、話体は走ってゆく。村上龍の作品ではこの出発点（基体）がまったくちがっている。家は強固な塀をもち、庭も造られ、祠もしつ号号えられてあるが、すでに家族のメンバーの親和力はぶっこわれてしまっているし、その解体に応じて話体はどんな強固な塀や壁でも自在に透過して、外へむかって走ることができている。そしてもうひとつ太宰治との差異をあげれば、太宰治の成熟期の作品の話体は、屈折を折りかさねることによって回帰する場所の所在を暗示しているのだが、村上龍の作品は話体が意図的にも無意識的にも屈折を拒否しているために、走ってゆく行方を指示しないままに、どこまでも延びてゆくことだ。いわば欠如としての空虚ではなく、この過剰としての空虚ともいうべきものが村上龍のおおきな現在的な意味でもあり、また謎だともいえる。謎だといわないのなら、この謎の核心には悪意を持続し、ときには誇示してみせる感性的な勇気（意志的な勇気ではない）があるような気がする。そしてこれが、文学の新世代がもたらしてきた新しい未知、わたしたちの現代文学ではかつてなかった未知のようにおもわれる。べつのいい方をすれば、はじめて本格的な嫌悪感を、わたしたちの文学にもたらしているのではないか。ここにある正しくないことの勇気は、現在の仮面の正義派の衰退と解体を、ちょうどうめわせる鏡のようにおもえる。

3

『走れ！　タカハシ』ＲＡＲＴ１の「僕」は、おなじ町の女子高校生、吉村真理子に、精液が「ピュッって出るとこ、見た」いからオナニーをみせてといわれて、夜半の一時頃真理子の部屋に侵入して、父親が仕かけた赤外線ポラロイドカメラでかくし撮りされてしまうが、そのときの、真理子の誘いの会話を想いおこす。

「今夜パパいないから、ママは早く寝ちゃうからね、玄関乗り越えてさ、台所の出窓からベランダに上がってグルッと回れば裏側があたしの寝室だからさ」

「それでなんだよ、俺吉村の前でピュッと出すだけかよ」

「そのあと、してあげるよ」

「すぐできるわけねえじゃねえかよ」

「若いから平気よ」

なにがパパがいないだ。赤外線ポラロイドカメラだぜ、告訴？　ひでえ話だな、こいつら親子そろっておかしいんじゃねえか、僕は七本目のビールを注ぎ終わった。

（『走れ！　タカハシ』ＰＡＲＴ１）

これは何の屈折もなく性行為を表現空間に仕あげる話体の走り方をよく語っている。この性行為は見かけだけでいえば古代の妻問い婚とおなじに「僕」が女にさそわれて女のところに忍んでゆくのだが、表現の位置は現在の尖端でなければとてもできないあっけらかんとした感性によっている。他人の家の内部にひそかにという仮装をとりながら屈たくなく真っ直ぐに忍んでゆき、そのまま家のいちばん奥にひそんでいる性の行為にまで、ひとつも屈折や陰影をしめさないでとどいている。この描写は現在つくりだせる話体の極限をさしているといっていい。

これに対応する現在の文学体の極限を見つけようとすれば、すぐに島田雅彦の『僕は模造人間』第三楽章に、類似の場面としてみつけられる。

しかし、僕が今にも歓声をあげそうなバベルの塔にコンドームをつけようとする時……僕をからかうアトラクションボーイの亜久間一人が突然、巨大なコンドームとなって僕をおおい隠そうとした。写真ではない実物の真弓がそこにいるというのに亜久間一人は……マスターベイションを始めたのだ。

やめろ

偏執狂的情熱を傾けてようやく到達した

僕の初体験をぶち壊そうとするのか

ベッドの上の悲劇のヒロインはあっけにとられて、ただ亜久間一人のアトラクションを見ていた。完全にドラマは破綻した。期待に全身をふくらませていた僕の性器は結論を急ぎ、白く吃った。ベッドにはセックスあるいは恋の中断を告げるダットが……。

「やってしまった」思わず呟いたのは一体誰だ。贅沢なマスターベイションを成功させた亜久間一人か？

「何のつもりなのよ……あんたおかしいんじゃない？」

「ごめん。僕は……本当はこんなことするつもりじゃ……」

「あなたに本当のことなんてあるの？　一体何をしたかったの？」

「いや……これは性的倒錯であって……」

真弓は枕を抱いてすすり泣いた。僕も彼女と一緒に泣きたくなった。

「あなたって自分を嘘で固めて身を守ってるのね。ずるいわ」

「そうかも知れない。でも……」僕はその先をいうべきか迷った。迷った時は……ええいいってしまえ。

「今度は真面目にやるから……もう一度」ほんの少しだけ、冷静ならば、あんなことをした後でこのセリフを口にするほどの厚顔無恥に耐えられなかっただろう。しかし僕は何としてでもこの後始末をつけなければならなくなったのだ。

（島田雅彦『僕は模造人間』第三楽章）

ここで「亜久間一人」というのはこの作品では「僕」の自意識がシニカルにうみだした分身のことをさしている。分身は「僕」の意志が制御できる圏外にとびだして裸になって待っている女子高校生真弓のまえでマスターベイションを演ずることで「僕」の性交を妨害し、不可能にしてしまう。そして相手の女子高校生を致命的に傷つけてふたりのあいだを破滅させる。

『走れ！　タカハシ』の「僕」の家は父親が商事会社の部長をやっている中産階級として設定されている。『僕は模造人間』の家は、父親がサラリーマンで母親は元デパートの従業員で「貧困の幸福も裕福の不幸も味わわずに済んだし、出生にまつわる隠蔽された事実など」捏造でもしないかぎりない平均的な中産階級として設定されている。この「僕」とあの「僕」はいってみれば模造された鏡像のように類似しているし、相手の女子高校生も、まったく相似形のように酷似している。またそんな個所を意図的にぬきだしてきたから、性行為の場面の設定も鏡のように似ている。それなのに一方の性行為は陰影も渋滞も何もなしに走ってゆく話体として作品の描写が成立しているし、他の一方は分身がとびだしてきてマスターベイションを演じることで、性交は不能となり破局にいたりつく。ちょうど

『僕は模造人間』の文学体は、『走れ！　タカハシ』の連作にたいし**直角**に屈折して走るのだといっていい。家の奥まった内部で演じられる性行為で行為の現実性にたいし**直角**に屈折する文学体は、家の塀の外の世界でも**直角**に屈折するだろうことは確かだ。

「もうやめてよ。あなたそれでも男なの？　恥しくないの？　マザコンじゃない？」「そんなんじゃない。僕はセックスができないわけではない。僕は母親が怖いわけでもない。要するに……結末が見えるのが恐いのだ」僕は論文調で語り出していた。「つまり、男女関係というありきたりなドラマをだな……破壊しようとして……」言葉が出て来ない。

「それで？」真弓は冷たいとも熱いとも思えぬ不気味な笑いを浮べていた。「それで、どうしたの？」

僕は理論の矛盾を指摘された学者のようにこめかみを掻いた。真弓はつき合い切れなくなったか声を出して笑った。

文句ばっかりいう男、存在自体が文句の亜久間一人は裸のままひざを抱えて、スカートをはく真弓を潤んだ目で見ていた。おそらくこの涙は狂言ではなかった。自分をパロディにし続けた挙句の自家中毒の涙だった。もはや、僕は作品として行き詰まってしまったらしい。崩壊目前のバベルの塔……。僕は亜久間一人の行動を論理的に理解することができない。にもかかわらず、あいつは裸のまま、ベッドにしゃがみ込んで、こういったのだ。

「別れたいのなら、別れてやるぜ。その代わり、ベッドの上にうんこをしてからだ」

真弓は「気狂いめ」と叫んで、堂々とした身のこなしで電話の受話器をとり、一一〇番を回した。

（『僕は模造人間』第三楽章）

外にむかって走ってゆく表現線にたいして**直角**に屈折する必然がなかったら、この三島由紀夫の『仮面の告白』を意識して書かれた資質の劇は、話体で描けるはずで、文学体を使う必要はなかったにちがいない。作者は村上龍とおなじように、正しくない勇気、嫌悪を持続することの勇気のようなものを「僕」に仮託しながら不可避的に描かざるを得なかった、とおもえる。いずれもが現在ではなくなってしまったが、この社会の正しいことへの、最初の嫌悪を描くという主題では共通しているかにみえる。

※編集部註　「走行論」は一～四まであるが、本書では一のみを収録した。

村上龍『ニューヨーク・シティ・マラソン』

表題のニューヨークシティを含めて、リオ・デ・ジャネイロ、ホンコン、ハカタ、フロリダ、メルボルン、コート・ダ・ジュール、パリ、ローマなど世界にまたがるあちこちの都市が舞台や背景になっている。この本はそんな作品をあつめているから都市小説集だといえる。だがこの都市小説という意味がとても微妙で、これがうまく話せたら、この本と、この本の作者の現在を射当てたことになりそうだ。

まず作品の舞台になっている都市は、観光用の都市ではない。街区やビルの名前や街筋の描写が出てくるのだが、たんに物語の舞台や背景の書割りの役をしているだけではない。反対に、そこに生活の歳月と眼に視えない垢を積み重ねて、そのまま朽ちる予定になっている土地人の棺桶としての都市でもない。グリム童話やアンデルセン童話になぞらえていえば、ムラカミ・リュウ寓話集の寓話の舞台や背景としての度合と質とで切りとられた都市なのだ。寓話とは何だろう。作者はじぶんで「私がある種の寓話作家」だと言っているように、『テニスボーイの憂鬱』、『POST』、『走れ！　タカハシ』など、瞠目すべき話体小説の作者として変貌してからの作品群は、童話というのをためらわれるから、たしかに寓話と呼ぶのがふさわしいかも知れない。いまこの本の作者の寓話の核心にあるものを挙げてみる。ひとつは性的な刺戟と反射の〈拡大〉と〈伸張〉の力価を挺子にして、イメージがつくられていることだ。ひとつふたつ例を挙げてみると、「九竜の秘密クラブではオートバイのチェーンを肛門から差し込んで口から出してみせる芸が流行《はや》っているし、犬とやったり、小便を飲んだりしなければ観光客は満足しないのだ」（「蝶乱舞的夜総会《クレイジー・バタフライ・ダンシング・ナイトクラブ》」）。「ビビアンクジラは調理場で十数人のコックから犯された後冷蔵庫に入り熱く裂けたプッシーを凍った豚肉で冷ますような女なんだ」「スカトロジストで変質者のグループと巨大な倉庫に住んでコミューンを作っている、コミューンの資金は幼児誘拐と嬰児製造でまかなわれているが、家出娘を十人ほど奴隷として飼っていて変質者に種つけさせては子供を生ませて全国に売っているわけだ、で、ギャングのくそを食ったりFBIの人肉を食ったりして……」（「パリのアメリカ人」）。こんな、いわば性の描写のイメージを〈拡大〉と〈伸張〉でこしらえた個所がたくさんあるが、これがムラカミ・リュウ寓話を寓話たらしめている核心のひとつだ。こんな風俗がほんとうか、ほんとうの誇張かが問題なのではない。ほんとうに現在世界じゅうどこの都市にでもありそうな性風俗を、性の寓話に仕上げるために、作者が使っているイメージの〈拡大〉や〈伸張〉ということが核心なのだ。ふつう文学作品が〈縮小〉と〈収斂〉によってこしらえるはずのイメージが、ここでは逆になっている。もうひとつ、強いてあげればムラカミ・リュウ寓話の核心にあるのはスポーツのイメージを、性とおなじように身体の反射と刺戟の〈拡大〉と〈伸張〉でこしらえていることだ。たとえば「フロリダ・ハリー・ポップマン・テニス・キャンプ」という作品の、妻から離婚を要求された「わたし」が、フロリダのホテルで出遇ったもとテニス選手は、テニスの習練の核心はボールを追い、そのボールを打つ自分の姿を頭で描いたイメージが、じっさいにボールを追い、それを打つ身体の動作と一致するところへ、こぎつけることなのだと説く。また「リオ・デ・ジャネイロ・ゲシュタルト・バイブレーション」のF1レーサーのニキは、酒場の女レダとレンタカーでドライブしながら、オートマチックな加速技術を教えてやる。そして、レダは暗い緑色のカマロを運転しながらかんがえる。「モタモタ走る車の中に罵詈雑言の限りを叫び入れながら、カマロはリオを駆け回る。赤信号で止まる奴は運転なんかするより首を吊って死んだほうがいい、転がるボールを拾おうと道に出てくる子供はボールと一緒に空高く撥ね飛ばすべきだ、買物袋から落ちたオレンジを追い駆ける老婆は轢き殺されたくてしようがないのだ。舗道を歩いている観光客はシャツの裾を引きちぎってリオがどんな町か思い知らせてやらなくちゃ、カーブでスピードを緩めるワーゲンなんてお尻をつぶしてやる、車間距離を二メートルもとってる車なんて手榴弾を投げ入れてやりたいわ」(「リオ・デ・ジャネイロ・ゲシュタルト・バイブレーション」)。これがスポーツのイメージを寓話にこしらえ上げるためにやっている〈拡大〉と〈伸張〉の描写法にあたる。

このふたつの核心から残酷とスピードの像をもったムラカミ・リュウ寓話の宇宙がつくりあげられている。そしてこんどは、なぜこれが寓話であって、ただの物語ではないのかが問題になる。寓話というからには、文脈として過剰な様式化の強度がどこかにあるはずだ。それにともなって教訓(このばあいは教訓を破壊したい教訓だが)がどこかにあるはずだ。どんなよだれが出そうな教訓も、現在では、たちまちのうちに停滞し、人間の自由な感性の足をひっぱる枷に転化し、つぎに、反教訓に陥ちこんでしまう。この速度に盲いたときは、ほとんど絶望的な場所に陥ちこむほかない。これに対し、絶望を免れる方法はありうるか。ひとつは教訓にたいしてまったく中性な、無関係な物語を作り、その世界に籠城することだ。もうひとつはいま流布されている教訓を破壊することだ。このムラカミ・リュウ寓話集はその破壊をやり遂げるために、性とスポーツの幻想が通底し、おなじになる場所をさがしだして過剰な様式化と、破壊は教訓だというイメージをこしらえようとしている。

この本のなかでは「フロリダ・ハリー・ホップマン・テニス・キャンプ」や「メルボルンの北京ダッグ」のような、わりにさらっとした寓話以前の淡い寓話のスポーツ選手の像も愉しかったが、「蝶乱舞的夜総会《クレイジー・バタフライ・ダンシング・ナイトクラブ》」の一篇のホラー映画をみるような寓話を超えた象徴的な寓話も愉しかった。「僕」は香港のクラブのピアノ弾き、同棲している女マーヌは、いくら稽古しても踊りがうまくならないそこの踊り子。ある夜更け、おびただしく発生した羽虫の発生源をつきとめようと街へ出て、ある建物の裏側で、無数の羽虫を管から吐き出している軟体動物のような、人間の死体のような産卵体をみつける。その産卵体からとった腹髄液を脳内に注入すると、賢く活発な脳の働きが身につき、踊りが巧くなるかも知れないと、怪しい治療師に注入してもらう。マーヌは踊りが巧くなり、性的に妖艶になり、「僕」と別れるまでにいたって有名な踊り手になる。だがものすごく太りはじめ、虫の腹髄液を除いてもらおうと香港にもどってきたが、それは無理で、とうとう自殺してしまう。この寓話の羽虫の描写は鮮明な象徴のイメージにまで高められ、それとともに性と身体の刺戟と反射の〈拡大〉と〈伸張〉が、また衰減して死にいたるまでの曲線が描かれていて、作者の寓話のモチーフの核心にある、象徴が見事に描きとられている。

村上龍『愛と幻想のファシズム』

　この作品の性格をひとことで言い当てようとすると、ふんだんに毒を含んだハードボイルド風の劇画小説ということになる。まず毒ということからはじめてみる。ひとつは主人公であるハンター上りのトウジのもっている理念が毒だ。トウジは狩猟社会が人間の理想社会で、強い獣と獣を追って仕留める頑強な狩猟人だけが生き残り、人間を含めて弱い動物、愚かな動物、強くてもスポイルされた動物は、すぐに自然のなかで殺されるか、衰弱死する運命になる。だから強くて美しい動物と狩猟人だけが生きられる社会だった。ところが農耕社会にはいって弱者も病人も奴隷になって食料を栽培し、育て、生き延びるようになり、やがて生存を維持するために、弱者や病人は徒党を組み、要求するようになった。だからもう一度狩猟社会の理想を再生させるために、弱者や不適応者を絶滅しなくてはいけない。これが主人公トウジの毒々しい理念だ。この主人公の理念がもつ毒は、単純、明快、幼稚にうまく設定されていて、いかにも劇画風に物語を進行させる。もうひとつ毒がある。主人公トウジと相手役「ゼロ」を中心に組み立てられた「狩猟社」という政治的な結社の性格だ。この結社は、じぶんたちに不都合な人物や集団があると、ハンターが動物をうち殺すようにためらうことなく暗殺したり、薬物を使って廃人にしてしまう。もちろんおなじ結社の仲間でも衰えたり、異和感を示したり、脱落しそうに見えると平気で抹殺してゆく。これも作品を毒ある劇画にしている要素だ。

このふたつの毒は、作品の物語が展開するキイになっていて、このキイを節目のところで行使しないと、物語がさきに進めない仕掛けになっている。作品を劇画風に面白くしているのはこのキイだし、また作品を主人公トウジとまわりをとりまく結社が、この毒をふりまきながら、しだいに雪だるまみたいに膨らんでゆく単純な物語にしているのも、このキイのせいだといえる。

平凡な無名の人たちが、正義や解放の理念を看板にかかげながら、支配者が陰でやっている監視と圧殺と差別と不正に我慢できなくなり、しだいに結束をかためて、強制支配する政府を追いつめて、もうすこしで解体させるところまでいきながら、武力で押しつぶされてしまった、そういう物語を近年ポーランドの連帯の運動とその構想のなかでじっさいに見てきた。

村上龍もそういう物語を紙の上でシミュレーションしてみたかったにちがいない。そういう鬱屈のモチーフを面白い物語にするには、主人公たちやその結社に単純、明快、幼稚で、誰にもわかりやすい毒のある理念と、容易に人間を抹殺できる暗殺やテロの暗闇をつけ加えることがいちばんやり易い。そのためにスターリンがこしらえた幼稚なファシズムの規定を使い、ドイツのナチやイタリアのファッショの成長物語を、借りてきた。作者は通念にのりすぎたきらいがあり、そのため作品の物語のキイを幼稚にしている。もちろん半分はわざとそうやって諷刺を利かせているつもりだ。村上龍がスターリンがこしらえた幼稚な悪玉仕立てのファシズム論などに惑わされないで、ほんとうの実感と意志とやむをえない支配にたいする反抗から、無名のひとたちが手をたずさえて、しだいに連帯をひろげ、ついに知識のつくった迷信からだれもが正義だと思い込んで、どんなひどいことをやっても許容してきた思想管理システムを追いつめて膨らませてゆく物語を、丁寧に、暗殺や薬殺や弱者抹殺などの毒を借りずに構築できたら、劇画的な面白さは減少しただろうが、作品としてはもっと優れたものになったに違いない。それは惜しいことだが、作者は作者に固有な残酷趣味や鬱屈や思い込みがあるだろうから、わたしはただ無いものねだりをしているだけかも知れない。

　このあと、よくここまでやったなと感じるところをすこし挙げてみる。

主人公のハンター、トウジと相棒の「ゼロ」を中心につくられた結社「狩猟社」が、最初にぶつかる事件は「世界恐慌」である。発展途上国（後進国）の累積赤字が巨大な額に達し、それがますます進行する一方の徴候しかないため、先進国が債務を帳消しするような贈与を、一挙に行使するほかに、これらの途上国（後進国）が破滅を免れる方法がない。そんな危機感が切迫し、頂点に達したときに近未来の「世界恐慌」は起る。先進国の金融機関は融資の一時停止を主張しはじめ、企業や商社は取引きの打ち切りをいいはじめ、発展途上国（後進国）の経済混乱は、内乱の様相を呈しはじめる。ベネズエラでは軍事クーデタが成功し、債務支払義務の放棄を宣告する。メキシコやブラジルでは、先進国の技術顧問団や産業設備の引き上げがおこる。国家よりも強大な力をもった世界最大の多国籍産業の連合体「ザ・セブン」は猛烈な勢いで、世界の産業を傘下に収まるものと、「ザ・セブン」の圏外に蹴おとしてしまう企業とにふるい分けはじめる。主人公トウジたちの結社「狩猟社」は、最後はどの国家よりも強力になってしまったこの経済のシステム「ザ・セブン」に肉迫して倒したいとかんがえる。そして「ザ・セブン」傘下の「シャノン・フーズ杉の原研究所」の労働争議のとき、研究所の施設を護衛する仕事を「ザ・セブン」から受け負ったのを契機に、右翼の妨害、機動隊の監視のなかで、「狩猟社」の武力組織「クロマニヨン」によってす速い行動力と実力を発揮して、労働組合と左右両翼の政治勢力の派遣員を実力で有無をいわせぬ冷静さで排除し、鎮圧しつくして、最初の実力を世界中に示威する。それを契機に結社への加入者がふえ、依頼者と国際的な評価と、ファシズムというレッテルが「狩猟社」のまわりに渦巻く。暗殺や薬殺の毒をふりまきながら、弱者抹殺、快楽とぜいたくと財力の讃美の理念を行使して、しだいに独裁勢力への拡大の道を歩みはじめる。

トウジと「ゼロ」のふたりからはじまった「狩猟社」が、しだいに大きな勢力になってゆく過程を、けっして無いとはいえない近未来の世界の経済と政治と軍事の具象的な条件のなかで、できるかぎりの緻密さで描きだしている。それは小説というよりも大説であり、文学作品というよりも言葉で描いた劇画作品といったほうがよい。よくここまで生々しくいかにもありそうな触感を読者に与えながら描ききったものだと感心させる。

もうひとつ作者の現状認知の力を感じさせるのは、「狩猟社」の結社に加入した情報科学にくわしいメンバー、飛駒勇二が担当のエレクトロニクス・テロリズムの可能性について語るところだ。

勇二はトウジに語る。日本を引っ掻きまわすのも簡単だけど、十倍の予算と時間を半年ほどもらえれば米国でさえも破滅させられる。それには小型になり集中的になった空軍機や旅客機の離着陸の誘導装置のコンピュータの連動を切断することだ。すると一日に百件の飛行機事故を起させることができるし、この種のエレクトロニクス・テロリズムはいくらでも発生させることが、技術的に可能だと勇二は語る。ほんとうは壊すことが簡単なものは、再生させることも簡単だから、そういうエレクトロニクス・テロリズムは容易にできるし、また容易に防げるという両義性をいつでももっている。だから勇二のいうほどのおおきな意味はない。それでも作者のこの着想には、テロリズムの概念を、すぐに一人一殺や、ビル爆破や、要人暗殺や、ハイジャックにおいてかんがえる現在の世界の左右両翼のテロリストたちの概念に、いわば風穴をあけている印象を与えるに充分だ。ようするに作者は作中の主人公トウジたちの結社が発生してから、膨張をはじめ、ついに国際的な政治勢力にまで発展してゆく過程を、できるかぎり近未来のじっさいに起りうるリアリティをもった場面を背景に構築するために、作家としての描写力を総動員し、経済的な現状認識を緻密にするために、じつによく勉強している。それだけに野心的であることは間違いない。

ところで、この作品は、大説でなく、小説としての部分はどうなっているのだろうか。わたしにはじゅう好意的にかんがえても、主人公トウジの人格と理念に、カリスマ的な魅力（魔力）があるように描けているとはおもえない。作中で主人公はじぶんの魅力についてこう語りだすところがある。「オレには権力への欲などない、オレはハンターだ、日本国の指導者になりたいなどと一度も思ったことはない、それならば、なぜ、ここにいる洞木を始めとして、二十万の党員がオレを支持するか、わかるか？　岩佐、どうしてだと思う？」そして主人公はじぶんでそれを説明しだす。「俺の言葉や声のさらに奥にある熱い核に触れて」人々が支配されるのだという。その熱い核に触れると、誰でも身にまとった名前や意味や情報や身分をすてて、風が渦を巻く荒野のなかに放たれてしまって、いままであったはずのプライドをたち切られて不快の極限に達するが、そこで逃げ道をもとめて屈服する。そして不快感が逆転して信者に変る。トウジはそう語るのだが、描写そのものので主人公トウジにそんな魅力のあるイメージは浮んでこない。むしろ相棒の「ゼロ」の方は、さすがと思えるほど、よく描かれている。生きる意欲をなくして北極圏の町イヌヴィックでトウジと出会い、トウジにスポイルされた態だと罵られて、ヘリコプターからつき落されそうになり、遂に自殺しようと思ったところをおし止められて、そのときを契機に心理的な再生に転じる。トウジと「狩猟社」を結成する。結社がおおきくなるにつれて、暗殺、薬殺、陰謀者に平気になっていく雰囲気に、無意識が馴染むことができないで、いわば動物のように衰弱してゆく。トウジとふたりで北海道へ行って、また極限の自然体験を経たあとで、心理的に再生して、「狩猟社」の本格的な宣伝担当者として残酷な宣伝の方法でばく進してゆき、「狩猟社」が本格的な結社として国内でも国際的にも認められるようになったとき、また生の衰弱からとうとう自殺してしまう。この「ゼロ」の生への欲望の衰弱は、じぶんのなかの倫理を無意識の領域に追いこめてそれが極限にきたときに起ることになっている。それは「ヒロ」という人物をありうべき鮮明な心理的な存在にさせていて、小説としてのこの作品をおおきくささえる支柱になっている。

村上春樹『ノルウェイの森』

この作品は三十七歳の「僕」が、二十歳のころの「僕」の、愛が不可能だった青春を回想した物語だ。愛が不可能だったという意味をもうすこし詳しくいえば、ふたつあるとおもう。ひとつは「僕」と直子、「僕」とレイ子、「僕」と緑、それから副主題として挿入された「僕」の唯一の寮の友だち永沢とハツミさんの愛の不可能が、いずれも精神愛と性器愛のはざまで演じられることだ。とくに作品の主調音になっている主人公「僕」と直子との愛が、性器愛の不可能として描かれていることは注目に値する。わが近代文学の作品で、男女の性器と性交の尖端のところで器官愛の不可能と情愛の濃密さの矛盾として、愛の不可能の物語が作られたのは、この作品がはじめてではないかとおもわれる。もうひとつの愛の不可能という意味は、男女の性的関係を含んだ友情が愛にまですすんでゆくことができず、性的関係を含んだ男女そのものが、愛情の持続（結婚、家庭）にまでいくことができない男女の関係が、まともに描かれているということだ。これもたぶんわが近代文学では、はじめてではないかとおもう。何はともあれこのふたつの特徴は、この作品を高く評価するばあいも、それほど評価しないばあいも、誰もが認めざるをえない新鮮さだといっておいた方がいい。わたしの理解の仕方ではこのふたつの特徴は、現在の若い世代の性愛の風俗をかなりな程度、内在的に生き生きと写し取っており、それがこの作家を文学の若い世代の旗手にしている所以だとおもえる。

主人公「僕」はどこに愛の（持続の）不可能な種子をもっているのか。男性の唯一の副主人公永沢が作中で下す評価によれば「俺とワタナベ（主人公の姓——註）」は傲慢かそうでないかの違いはあれ、「本質的には自分のことしか興味が持てない人間」だからだ。また主人公「僕」の言い方では、あらゆる物事を深刻に考えすぎないようにして、物事とのあいだにしかるべき距離を置くこと、という構えに、愛の不可能の原因があらわれる。「僕」は謙虚で優しく、自殺した親友キズキが愛した直子に愛情を抱き、精神を病んで療養所に入っている直子に、むくわれない愛をそそぐ。直子はただ一度過去にあった性行為以外には、不感症で性器愛が不可能な、神経を病んだ女性として設定されている。親友キズキの自殺も直子との性交愛が不可能だったことに原因している。「僕」は直子の療養所を訪れても、直子の指による射精とフェラチオしかできない。そして直子を深く愛しながら日常では、永沢と一緒にたまたま喫茶店やバーで出会った女性と性的交渉をもち、学校の講義仲間の緑とは、直子への精神愛から性交を我慢しながら、しだいに愛情をもつようになる。副主人公の男、永沢はハツミさんという美しい愛人がいるのに、平気でたくさんの女性とゆきずりの性関係を結んでいて、そのどれにも自己を傾けようとしない。この傲慢さはハツミさんをほかの男との結婚にむかわせ、結婚二年後にハツミさんは愛の不可能から自殺してしまう。ハツミさんは、作者によって作中でいちばん「僕」の憧れの女性として描かれている。とうに捨ててしまったとおもっていた「僕」の少年期の「無垢な憧れ」を揺り動かしてくるような女性だったことを、「僕」は十何年もたってはじめて思いあたる。

直子の愛はなぜ不可能なのか。神経が病んでいて日常の生活に耐えないことと、不感症で性交愛が不可能だからだ。ペニスを受け入れてもただ痛みしか感じないし、濡れることはない。この直子と主人公「僕」の器官性愛の（不可能の）描写は、見事なものであり、またそれなくしては作中の男女の愛の物語は成り立たないほど不可欠なものになっている。これは作品の要めをなすもので特筆しておくべきだとおもわれる。つまり男女の性器の尖端の接触する場面でなされる愛の不可能の描写が、この作品の特徴なのだ。直子は、たとえ「僕」と共棲しても、「僕」が会社へ出勤したり、出張にいったりしている間の時間すら、不安と恐怖で耐えられないだろうという心のひ弱さの予感と性器愛の不可能とから、

「僕」の長いあいだの優しさといたわりと共棲しようという誘いにもかかわらず、しだいに心の病をつのらせて、やはり療養所の森の奥で首を吊って自殺してしまう。作者が直子の言葉の反射や動作に、ほんの少しのテンポの緩さを与えることで、その心の病を暗示する描写は見事で、読者ははじめはほんの少し何かが異常だと感じさせられながら、しだいに直子の病のあらわれを納得させられるようにできている。

直子の療養所の同室であり、「僕」や直子よりも十幾つも年上のレイ子は、なぜ愛が不可能になったのか。レイ子はあまりにひ弱な心の素質からピアノのキイをたたく指が、神経症的に動かなくなり、ピアニストになることを断念したあげく、幸福な結婚をし、子供を儲けた。内職にやっているピアノ教室で、教え子の悪魔的な虚言症の中学生の女の子から、同性愛を仕掛けられる。そして逆にその女の子からあのピアノの先生は同性愛者で、行為を強制されたと言いふらされて、睡眠薬をのんでガス自殺をはかる。そして未遂に終ったのち、じぶんの方から離婚してくれと夫に頼んで、しだいに心の病気をつのらせるようになる。直子をいつもいたわり、「僕」と直子の出会いをたすけてくれたレイ子は、直子が自殺したあと、療養所を出て夫や子供のところへ帰らず、旭川の友人のところへ旅立つ途中に、東京に立ち寄って「僕」とひと晩に四回性交して充たされて、もう生涯の分だけ性交したと感じて、旭川に去る。「僕」が大学の演劇史の講義で出会った緑は、なぜ

愛が不可能なのか。恋人にたいしても「僕」にたいしても、つまりどんな男にも性愛につ
いて陰影の感じを与えることができない。じぶんの出身の女子高でトイレにたまった生理
ナプキンを集めて焼く話や、近所のおばさんが、くしゃみをしたとたんに「スポッとタン
ポンが抜けた話」を平気でやり、性の行為の過程に、勝手な思い入れをもったり、じぶん
のことを思い浮べながらマスターベーションをやってみてくれと平気で頼んだりする。ま
た死んだ父親の仏壇のまえで、裸になり股をひろげてこれが貴方の娘よ、と示威してみせ
たりする。このあけっぴろげを嫌われ、その挙句に恋人を失う。「僕」がこの緑の性愛の
かげりのなさを許容して、どこまでも優しくするので、緑はしだいに「僕」に傾いてゆく
ようになり、「僕」の方も惹かれて愛するようになってゆく。

　結末は、直子が自殺したあと「僕」は緑に何もつげずに傷心と動揺から、山陰の海岸の
方へ一ヵ月ばかり放浪の旅行にでかけ、緑をおこらせるが、緑のいるところへ帰るのが最
短の通路だということが暗示されるところで、物語はおわる。

　この作品は、題名がビートルズのナンバー『ノルウェイの森』から採用されている。そ
して主人公の三十七歳の「僕」がハンブルク空港に着陸しようとするとき、飛行機のス
ピーカーからBGMとして流れてくる曲として作品の冒頭にあらわれる。また自殺した直
子を葬う夜に、「僕」と直子の同室だったレイ子さんが弾く曲のひとつとして、作品の終

りに近くあらわれる。それでわかるように、ビートルズの全盛期に青春を育てられた世代の男女の恋物語を、回想風に語った作品だ。作者にしてみれば『世界の終りとハードボイルド・ワンダーランド』という、意図的に強固に構成された（されすぎて固くなった）作品のあとで、流れるようなリリシズムの文体と情念で作られた、どちらかといえば気分よく書いた最初の長篇ということになるかとおもう。そして流してあるようにみえながら、どうしてこの作者の力量のほどはいたるところに自由に発揮されて、渦を巻いている。『世界の終りとハードボイルド・ワンダーランド』が、考えすぎて、固く停滞気味で、読みとおすのに難儀したのにくらべると、この『ノルウェイの森』は、ひとところの渋滞感もなく、埋めこまれた短篇作品「螢」の延長線に、たっぷりと果汁を含んで展開されている。むしろ溢れる液汁が多すぎるような気がして、わたしには女漬けになった印象が濃くて食傷気分がのこった。だがよくかんがえるとこの女漬けになった印象を構成しているのは、性交が不可能で禁じられていて、ペッティングや、フェラチオや、指を使った射精や、女の子の裸体を空想しながらのマスターベーションなどから複合されたものだ。わたしはこれに近い複雑な性の印象をうけた場所がどこかであるとおもった。それは新宿の歌舞伎町の覗き部屋だ。まん中に裸になった陰毛のかげりをみせた女性が横たわってポーズを変幻させる。それをとりまいて区切られた覗き部屋があって、ひとりずつ孤独に誰にもみられずに、まん中の女性を視つめることができる。まん中の女性はポーズを変えたり、覗きガラスのすぐそばまで全裸の姿をみせに、立ってくる。ところでそれぞれの覗き部屋を訪問して、指で射精させる御用をうけたまわりにくるのは、別の女性なのだ。わたしは古典的な赤線地区や往古の吉原遊廓などのような、ストレートな性交の場所ではないのに、性的な陰影の複雑さの効果では遙かに勝っているようにおもえる覗き部屋のエロスのシステムに感心したことがある。村上春樹のこの作品のもつ抒情的な効果は、この覗き部屋の複雑なエロスの効果にとてもよく似ているとおもった。

直子が心の病気をもち、不感症であるため、恋人になった男たち（主人公の「僕」やそれ以前の恋人キズキ）と性交できず、フェラチオや指での射精しかできないにもかかわらず、情緒だけの愛が深いという設定。また主人公の「僕」と緑とが、お互いに恋人との関係が未決なために性交を避けてペッティングや指戯だけでもちこたえられるという設定。副主人公の永沢と恋人のハツミさんが、永沢の女性を性的なハケ口としかみなさない傲慢な振舞いのために心身ともに愛しあっているのに別れてしまうという設定。この愛の不可能の設定の交錯した効果が、この作品を覗き部屋のように複雑な陰影をもった、現在の若い世代の性の風俗と様式をとらえていることになり、この作品にかがやきを与えている。現在では男女の性の対幻想が、なぜ永続されないか、また若い男女が性の対的な関係を永続させようとするモチーフと意欲をなぜ失っているかというテーマに、よく内在的な根拠を与えることになっている。フェラチオ、クンニリングス、マスターベーション、フィンガー・ワークというように、性器をいじることにまつわる若い男女の性愛の姿を、これだけ抒情的に、これだけ愛情をこめて、またこれだけあからさまに描写することで、一個の青春小説が描かれたことは、かつてわたしたちの文学にはなかった。

村上春樹『ダンス・ダンス・ダンス』

村上春樹の『ダンス・ダンス・ダンス』を読んだ。批評の歯をあてにくい作品だとおもう。つよく嚙めばズイキのように歯形がのこるだけ、カミソリみたいに切れすぎ読みすぎでも、意味のない作品の切れっぱしが、そこらじゅう屑になって散らばるだけだ。アカデミックな文学研究者では、自惚れだけが骨みたいにのこるだけで、とても駄目そうな気がする。

なにをどう書いてるのか、物語の起伏はどうで、そこにどんな風俗の理念があるか。そんな作品の意味論をどんなに緻密にやっても、たぶん半分しかこの作品を論じたことにならないだろう。そうまでいえなくても、『ノルウェイの森』以後、数十万とか数百万とかいう読者をとらえているこの作家の作品の魅力の秘密には、とても届きそうもない。でも『ダンス・ダンス・ダンス』でいちばん肝腎な批評は、膨大な数の読者に届いているらしい風俗の信号、その暗黙の同意を分析することにある。(すくなくともわたしには)そうおもえる。この作品からたちのぼってくる雰囲気、気分のこころよい流れ、その抒情のリズムとメロディのほどを、言葉にうまくのせられなければ、作品のあと半分を論じたことになりそうもないのだ。読者が感じている魅力の秘密は確かにこのあと半分のほうにある。わたしがこの作品に不可解さを感じるとすれば、やはりそこが中心になる。

玄人すじの批評は、この作家の力量にひそかに舌をまきながら、なんだいまの軽い風俗のこころよさしかないじゃないかと侮ったふりができる。逆にふつうの読者は、どんなもっともらしい作品分析も、とうてい届きそうもないひろい範囲で、この作品の暗号を確実にうけとっている。このギャップはなかなか言葉にはのりにくい。

作品の雰囲気、気分、こころよい流れ、抒情のリズムとメロディのようなものは、いったいどう批評の言葉にのせたらいいのか。じつはわからないままに書きはじめている。言葉はひとりでに『ダンス・ダンス・ダンス』という作品にではなく、作品の魅力というところにむかう。いちばん手っとりばやいのは、魅力ということで、ひとつひとつこれだとおもうものをつぶしていくことだ。村上春樹が、紅涙などいらない現在の愛の風俗をえがく尾崎紅葉や小栗風葉なのか、それとも〈知〉には悲劇も救いもなくなってしまった現在の夏目漱石でありうるのか、批評にはきめられない。村上春樹自身がじぶんで歩いてきめるだけだ。

1　主人公「僕」の魅力

主人公「僕」はPR誌の穴うめ仕事をやってくらしてる三十四歳の独身の男の子だ。ものの書き、もの書きの周辺、もの書きの候補者の大部分がそんなことでくらしている。そうかんがえればどこにでもいるタイプだ。だがどこにでもいそうなややとうのたった独身の男の子は、並でないところがある。くらしのために手から口へすぐはいってしまう無意味な仕事でも、眼のまえにおかれたかぎり、ていねいに頭と手をつかって、せいいっぱい工夫してやる。くらしにも思想があるとすれば、無意味なことのつみかさなりから、ふつうの人の生活や生涯はなりたっている、それをよくわきまえているのが「僕」の思想といえるものだ。

この作品の魅力のおおきな柱は、たぶんに作者自身の人柄を反映した「僕」という主人公の性格造形の魅力だとおもう。誠意とか勤勉とか口に出してしまったらおしまいだといった実質を、ひとりでにさり気なく、くらしのなかで軽がるとやってのけている。おおげさな世界没落感や終末感もないかわり、おおげさな世界救済の倫理ももっていないし、そんなものいりもしない。ごくふつうの男の子だ。これは現在の風俗にぴったりと波長があっている。偉大な理念を担いでる男でもなければ、異常な性格の持主でもない。いまではそれだけで何にもまして作品の魅力的な主人公たりうる。物足りないとかつまらないというのなら、どこかべつの処をさがすほかない。ひとをひきつけることが、人間の条件のひとつになるのだとすれば、ごくふつうの感性と性格の持主で、誠意や勤勉はひっそりとやってみせるほかに美徳ではないと心得ている「僕」のタイプは、知的な大衆としてじゅうぶん価値の序列をつくれるのではないか。

もちろんこの「僕」だって「それだけでは足りない」とおもっている。何をなすべきか、どうじぶんを充たしたらいいのか？　このほんのひと匙の焦燥感もまた「僕」の魅力に相違ない。それと同時に『羊をめぐる冒険』からあとのこの作家の魅力でもある。「それだけでは足りない」とおもっていることは、性格に陰影をあたえる。破滅をかけてやることなど、ほんとはなくなってしまった現在では、この「僕」の陰影は充分にヒーローの条件でありうる。

何をなすべきか？　バカ！　そんなものあるわけないじゃないか、などと本気でヒステリックになるなど、野暮の骨頂だ。作品の「僕」とおなじようにじぶんの「いるかホテルに行くんだ」、読者はそう決心するに相違ない。「いるかホテル」には何があるのだろう。ずっと以前に、『羊をめぐる冒険』のころ北海道のそのホテルに一緒にいったまま「僕」のまえから失踪してしまった恋人「キキ」の行方がわかるかもしれない。また「僕」にくらしの思想のほかに、くらしとはじかに関わりない暗くて重いしこりがあることを暗示してくれた「羊男」に出遇い、何をなすべきか聞きだせるかもしれない。そして読者がじぶんも「僕」とおなじだとおもえたら、「僕」はみんなそのホテルに向うべきだ。それが『ダンス・ダンス・ダンス』の発端だからだ。

ドルフィン・ホテルのフロアの暗闇に、時空の裂け目があって、久方ぶりに「羊男」に再会した「僕」は「羊男」とつぎのような問答を交わす。

「僕」

(1)じぶんはあれから(『羊をめぐる冒険』から)いままで何とか自分のくらしを維持してきた。

(2)でもどこへもゆけないし、誰をも真剣に愛せなくなってしまったまま歳をとりつつある。ひとを本気で愛する心の震えをなくしてしまっている。

(3)また何を求めればいいのかわからなくなっている。

(4)でもいまじぶんが関わっていることに、ベストをつくす姿勢だけはやっとのことくずしてはいない。

「羊男」

(1)あんたは「いるかホテル」に含まれていて、ここではじまり、ここでおわり、ここにつながれている。ここがあんたの結び目だ。
(2)おいら(「羊男」)の役目はいろいろなものをつなげる配電盤のようなものだ。
(3)あんたは見失い、混乱し、つなぎ目をこわしてしまっている。あんたが結びついている場所はここだけだ。
(4)なんとか「何か求めているもの」につなげるために、できるだけのことはやってみよう。でもそれで幸せになれるかどうかわからない。「あちらの世界」ではもうあんたの行くべき場所はないかもしれない。
(5)ここにあるのは「あっち」とはちがう世界だ。ここは「暗すぎるし、広すぎる」場所だ。
「僕」
(1)きみ(「羊男」)はいろんな形で、いままでもいつもそこにいたようにおもえる。人生のなかでずっときみを求めていた。
「羊男」
(1)ここは「死の世界」じゃない。ふたりともちゃんと生きている。
(2)上手く説明してあげられないが、教えてあげられるのは「踊るんだ。何も考えずに、できるだけ上手く踊るんだ」。

(3)あんたが求めさえすれば、いつでも会えるし、いつでもここにいる。

問答がここまできて、ゆくりなくも『ダンス・ダンス・ダンス』一篇のモチーフにつきあたる。「羊男」がいう「踊るんだ。何も考えずに、できるだけ上手く踊るんだ」というのは、世界救済感にはつながらないが、自己救済の倫理にはなっている。ひとりでに作品がすすむにつれ、ひとと喋り、振舞い、他者と遭遇し、愛し、身を処すばあいの主人公「僕」の言葉と行動の規範になってゆく。

「踊るんだ。何も考えずに、できるだけ上手く踊るんだ」というテーゼは物足りなくないし、また魅力的でなくもない。わたしが「羊男」で、作品のなかにはいりこめるとしたら、実現可能性などべつに保証しなくていいのなら、現在でも(現在だから)もうすこしましなことが言えそうな気がする。ありもしない世界没落をあるかのようにふれまわって、現在のテーマだと錯覚している人たちとも、ありもしない天国があるかのように迷信して、その国みたいになりたいなどと身もだえしている人たちとも、まったくかかわりなしに、何をもとめたらいいのか、もうすこしはっきり、具象的なイメージを語れそうな気がする。だが「踊るんだ。何も考えずに、できるだけ上手く踊るんだ」というこの作品のテーゼは、誰にでもできること、誰にでも通用すること、またさまざまな解釈がひとりひとり可能なことをかんがえると、最低限のテーゼとして、現在じゅうぶんに魅力的でありうる。『ダンス・ダンス・ダンス』を一篇の倫理の書として読む読者がいたとしても、かれは「羊男」が「僕」にいうように、この作品から「上手く説明してあげられない」が「教えてあげられる」ものをうけとれるにちがいない。その核心にあるのは「踊るんだ。何も考えずに、できるだけ上手く踊るんだ」というテーゼだと気がつくはずだ。これはソフトな今ふうの倫理の魅力をそなえている。わたしだって若いころなら感動したかもしれない。わたしはわたしの若い時代にふさわしく太宰治の『右大臣実朝』のなかの「アカルサハ、ホロビノ姿デアラウカ。人モ家モ、暗イウチハマダ滅亡セヌ。」という作中の「実朝」の言葉に魅力を感じたものだ。

「僕」も「僕」がくらし以外の非日常にとびこむときの暗喩《メタファー》である「羊男」も、まるで作者のソフトな性格の真綿にくるまれているように、またその性格のよさの範囲で、ひとつのちゃんとした世界をつくっている。そして駘蕩とした雰囲気を作品いっぱいにふり撒いている。これはエンターテイメントとしてまことに必要で充分な条件だ。

「僕」のもうひとつのおおきな魅力は、女性との関わり方、その距離の保ち方の新しさにあるとおもう。

まず第一に、つぎのことをいわなくてはいけない。「僕」はもしかするとほんとうは「女性」に「心の底から」もとめるものなどもてないのに、「心の底から」もとめる気にならないのは、眼の前にいる「その彼女」にたいしてだけだと思いこんでいるかもしれないことだ。「僕」のこのわずかな齟齬が、じつは作者の恋愛小説の核心にあるものかもしれぬ。

　女性ということと「その彼女」ということはまったくちがう。「僕」が「その彼女」を「心の底から」愛せないとおもっていても、女性を愛せないということにはならない。だが「その彼女」のなかにも女性がいるし、女性のなかにも「その彼女」がいる。だからこのふたつはまったくちがうと同時にわずかのずれでもある。「僕」の女性との関わり方の魅力は、「女性」を「心の底から」愛せないのかもしれないという不安をもちながら、眼のまえにやってくる「その彼女」にたいして、いつもやさしくていねいにつきあうことができることだ。そしてこの矛盾がなければ「僕」の魅力は半減してしまうのに、「僕」はこの矛盾をスムーズにつなげることができ、その曲線はかなり優美にできている。これが「僕」の投げやりなようでていねいで、誠実な女性との関わり方として作品を縫いあげている。

「僕」の女性にたいする突っこみ方は、可成りきわどいところまで描かれている。これ以上はどんなにやってても女性を傷つけてしまう限度までいっているとおもわせる。それでいて「僕」は偏執的でも非凡でも、嫌な奴でもないやわらかい雰囲気をだすように描かれている。

この女性との距離感が描く曲線は、性について罪の意識につながるようなデカダンスとまったく無縁だし、また女性との交渉で、インフェリオリティのしこりを感じさせない。それでいて今ふうのきわどい性への漸近線をつくっている。

つまりはじめて誘って酒をのみにゆき、親しくなれて、彼女のうちとけ方の度合から「目つきや呼吸や喋り方や手の動かし方」で、「僕」と「寝てもいい」とおもっているかどうかわかる、そんな距離に自然に近づくことができる。「僕」はそんな距離感を女性にもてることになっている。誰だって若い男はそんなにうまく女性に近づけない。またそうでなくて、現在では若い男は誰でもそんなふうに気軽に女性に近づけるのかもしれない。すくなくとも「僕」はなんのわだかまりもなく女性のふところ近くまで入ってゆける性格として造型されている。これは願望も含めて若い読者には魅力的な性格にちがいない。「僕」はやさしくて、ある程度突っこんで誠実に向きあい、話し、つきあいながら、女性を傷つけない術を心得ている。キザにもならず、とくにしゃちこばりもせず、女性になかなか健全な、しかもセンスのあることをいう。

僕らの若者だった時代にはこんな距離感の曲線をもった恋愛小説はなかった。恋愛といえば乳幼児のとき母親から傷を負った〈性〉を、いかに癒し、求め、回復しようかを描くモチーフに帰着する作品ばかりだった。そして『ダンス・ダンス・ダンス』のような作品の〈性〉は、あったとしても粗っぽいお伽噺をきかせる架空の読物の世界だった。「僕」のような女性にたいする距離感を緻密な微分曲線として描きだして、現在の風俗に遭遇させた作品は、まったく新しいというほかない。そして現在の〈性〉の風俗を本格的に結晶としてとりだしているとおもえる。

2　登場する女性の魅力

すこし前口上がいる。「僕」の中学時代の友人はいまは「五反田亮一」という華やかな映画スターになっている。そして五反田君が出演している映画『片想い』のなかで、五反田君とベッド・シーンを演じている女優が、ふと顔を画面にみせたシーンで「キキ」であることを知り、五反田君と旧交をあたためることになる。五反田君は華麗だが不自由な着せ替え人形みたいなじぶんの境遇をかこち、「僕が求めているのは、そういう生活をしている限り手にいれることのできないものだ」、それは「たとえば『愛』そして平穏。健全な家庭。単純な人生」だと「僕」に語る。五反田君は「僕」と正反対なことを求めていて、「僕」がそれを身につけているとおもいこんで、羨ましがっている。「僕」がじぶんはちっともまともなんかじゃない、三十四歳にもなって所帯ももてないし、愛するものももてないやくざなくらしをしているだけだ。「僕はただきちんとステップを守っているだけなんだ。ただ踊っているだけだ。意味なんかないんだ」そういっても五反田君には通じない。そして五反田君にとってしだいに「僕」だけがほんとうの打明け話ができる人間になり、「僕」もまた、いつも照明のあたったところだけで気を張って、じぶんを演じつづけなくてはならない五反田君の場所の宿命みたいなものがわかってきて、仲よしになってゆく。五反田君の〈性〉は「僕」とちがって無意識が荒廃した〈性〉で、女性の暗さと死を誘いだすようにできている。こんな「僕」にエロスの雰囲気をもって、かかわってくる特色ある女性が作品のなかですくなくともふたり登場する。ひとりは、「僕」が探しもとめている象徴の女「キキ」の友達だと五反田君が紹介した高級コールガールの「メイ」だ。

コールガールのメイはデリケートで、大胆で、簡単には思いつけない性のサービスをしてくれる。「僕」が体の力を抜いて目を閉じ、流れに身を委ねているだけで、これまでの生涯に経験したどんなセックスともちがった快美な体験をさしてくれる。作品の描写では、「それは素晴らしい音楽と同じように心を慰撫し、肉を優しくほぐし、時の感覚を麻痺させた。そこにあるものは洗練された親密さであり、空間と時間との穏やかな調和であり、限定された形での完璧なコミュニケーション」になっている。

　作品はいくつかのエロスの行為の場面をこしらえ、描写しているが、このメイの性行動ほど「僕」を性生理的に充たしたという場面はほかに書かれていない。だが具体的にメイがどんな性の行為で「僕」を陶酔させてくれたのか、作品はなにも描写しようとしない。これはいったいどういうことなのか？　どうしてこの女性が魅力的で、たいせつなのか？　これ以上の快美な性的な体験はなかったと作者が書き記していること自体が、この女性の魅力なのだ。作者はじぶんが望んでイメージをつくれる最高の性的な愉悦のあり方をこの場面に思いいれた。だが具体的にはメイの性行動をすこしも描写できなかった。娼婦性、母性、やわらかい脆いやさしさ、性的な奉仕の無償性、抑制やためらいのなさ、といった男性的な願望のすべてを一瞬にかたむけつくす作者の〈性〉の理想像がメイなのだ。つまりメイは存在できない女性という意味を負っている。五反田君に殺されなくても、作品の闇のなかに、一回きり単独で浮かびあがるほか術がない。つまりは作者の性の秘所に触れたという象徴なのだ。

　もう一人、魅力的な女性が登場する。

ドルフィン・ホテルの客で、母親のカメラマン「アメ」におきざりにされた十三歳の女の子、「ユキ」だ。

母親の奇行で幼時からひとりで孤独をまぎらわせる生活に慣れたため、少女なのに大人の世界に首をつっこんだ早熟で勘の鋭い、学校にもゆきたがらない病的な、ごうまんな少女になっている。

性格が鮮明で、ごうまんで、大人びていて、悪魔的で、魅力があり、作品を左右するほどの存在として描かれているのは、この少女ユキだといえる。

この少女と「僕」との距離感を「僕」の方から眺めてみる。十三歳くらいの少女が「男の人ってそれほど強く女の人が欲しくなるものなの」と訊ねるかどうかはべつにして、そう訊かれるとちっともそらさず、鳥の飛ぶ比喩などつかって、ていねいにしかも一人前の女性として認めている場所から、「僕」は男の性欲の説明をきちっとやってのける。この「僕」のやさしさ、ていねいさ、親密さの距離感は、作品のなかの少女ユキと関わりながらいつも保たれている。たぶんこの作品の「僕」以外には、そんな耐《こら》え性《しょう》のある男は、現在ではありえないだろう。この「僕」の性格もまた作品の雰囲気、気分をこまやかに快くさせているといえる。

ところでこの少女ユキは超能力をもっていて、作品を一気にクライマックスにもってゆく役割をはたしている。

少女ユキは、五反田君のもつプロダクションおしきせのイタリヤ製の高級車マセラティを借りて「僕」と同乗しているとき、「あの中にいるとすごく息苦しくなるの。とても空気が重い。まるで鉛の箱に押し込められて海の底に沈んでいくような気がするの」といいだし、「キキ」を殺して埋めてしまったのは五反田君だと断定する。

「僕」はユキの超能力にショックをうけ、いきなりなぜ「キキ」を殺したんだと五反田君にぶっつけ、じぶんが「キキ」を殺したような気がするという五反田君の告白を誘いだすことになる。自分とじぶんを演じている自分の裂け目がおおきくなると、小学生のとき友達の背中をついて崖から落としたことがあったり、高校生のとき郵便ポストに火をつけた布をほうりこんで無意味にもやしたり、猫を意味もなく殺したり、夜中に近所の家の窓にパチンコで石をぶつけたり、ようするに遺伝子に刻みこまれたような欠如のひとりドラマを演じたことを五反田君から告白させる。そして「こことは違う世界」で「キキ」に殺してもいい、絞めなさいといわれて、夢みたいな現実が溶解したような世界で「キキ」を殺したかもしれないと「僕」に告げて、翌日マセラティもろとも入水する。

この五反田君は幾分か三浦和義の面影に似ている。少女ユキが後藤久美子（ゴクミ）の面影に似ているように。作者はこまかく今ふうに細工を施して、この作品が当てこめる魅力をつくりだそうとしている。すでにこの作者には自己模倣の停滞がはじまっているといいたいところだが、そんなことを言っても仕方がない。五反田君も少女ユキも造りものでない本来的な魅力までもっていけている。作者が三浦和義や後藤久美子のような、現在の風俗のチャンピオンにたいして、じぶんなりの性格解釈を施し、それを作品の五反田君やユキの造型にとけこませているからだ。


「彼に会ったの?」

「会ったよ」と僕は言った。「会って話をした。ずいぶん長く話をしたな。とても正直に話をした。そしてそのまま死んでしまった。僕と話して、それからすぐに海にマセラティを放り込んだんだ」

「私のせいね?」

僕はゆっくりと頭を振った。「君のせいじゃない。誰のせいでもない。人が死ぬにはそれなりの理由がある。単純そうに見えても単純じゃない。根っこと同じだよ。上に出てる部分はちょっとでも、ひっぱっているとずるずる出てくる。人間の意識というものは深い闇の中で生きているんだ。入り組んでいて、複合的で……解析できない部分が多すぎる。本当の理由は本人にしかわからない。本人だってわかってないかもしれない」

彼はその出口の扉のノブにずっと手をかけていたんだよ、と僕は思った。きっかけを待っていたんだよ。誰のせいでもない。

「でもあなたはそのことで私をきっと憎むわ」とユキは言った。

「憎んだりしない」と僕は言った。

「今は憎んでないにしても、きっと先になって憎むわ」

「先になっても憎まない。僕はそんな風に人を憎んだりはしない」

「たとえ憎まないにしても、でもきっと何かは消えてしまうのよ」と彼女は小さな声で言った。

「本当よ」

僕はちらりと彼女の顔を見た。「不思議だな、君も五反田君とまったく同じことを言ってる」

「そう?」

「そう。彼も何かが消えるのをずっと気にしていた。でもね、何をそんなに気にする? どんなものでもいつかは消えるんだ。我々はみんな移動して生きてるんだ。僕らのまわりにある大抵のものは僕らの移動にあわせてみんないつか消えていく。それはどうしようもないことなんだ。消えるべき時がくれば消える。そして消える時が来るまでは消えないんだよ。たとえば君は成長していく。あと二年もしたら、その素敵なワンピースだってサイズがあわなくなる。トーキング・ヘッズも古臭く感じるようになるかもしれない。そして僕とドライブなんてしたいとは思わなくなるだろう。それは仕方ないことなんだ。流れのままに身をまかせよう。考えたって仕方ないさ」

「でも私はずっとあなたのことを好きだと思うわ。それは時間とは関係ないことだと思う」

「そう言ってくれるのは嬉しいし、僕もそう思いたい」と僕は言った。「でも公平に言って、君は時間のことをまだあまりよく知らない。いろんなことを頭から決めてしまわない方がいい。時間というのは腐敗と同じなんだ。思いもよらないものが思いもよらない変わり方をする。誰にもわからない」

彼女は長い間黙っていた。

ここで「僕」と会話している相手が十三歳の少女だとは、誰にもおもえまい。またどんな早熟な、大人の世界に首をつっこんだ少女をしつらえても、こんな会話をきく耳などあるはずがないし、「僕」のこんなお喋りを理解できないにちがいない。でもこの程度の会話を理解しなければ、三十四歳の独身の男の子である「僕」と作品のなかでいちばんながく、いちばん親密につきあい、そのあげくに物語をおおきくまわす役割などできるはずがない。また「僕」のやさしく、のびのよい性格や、ていねいな女性への触手を造型するには、相手が十三歳の少女でもこんなふうに対等に喋り、親密に扱える「僕」をつくれなくてはだめなのだ。また十三歳の少女はこんなふうに、いきなり物語をクライマックスにもっていき、そのためにひとりの大人を自殺に追いやった超能力を契機に、「僕」との関係に微細な変化とかげりができてしまうひととひとの関係の必然のようなものを、察知できなくてはならないのだ。そういえば「僕」という主人公も、フリー・ライターで三十四歳の独身の男の子にしては、できすぎている。つまり作者の精いっぱいの理念と感性と資質を与えられて、作者の理想と等身大になっている。社会的には比較的自由なゼロにセットされているのに、この「僕」はなかなかに偉大だ。これはどんなに読者の夢をかりたてるかはかりしれない。村上春樹に漱石とちがうところがあるとすればそこだ。漱石の作品の主人公たちは、しかるべき社会的な外観をととのえた人物にひそむ卑小な、でも真実のこころの物語だが、春樹の主人公「僕」は卑小な社会的外観をもちながら、偉大な欠陥のないこころを発揮している。

3　その他の魅力

この作品には、わたしが数えあげただけでも十七ヵ所、モダンな洋風の食べ物、飲み物をとる個所がでてくる。そしてそれに匹敵する数の個所で、六〇年代以後のロックや環境音楽やコーラスのナンバーが鳴りわたったり、囁くようなステレオになったりして聞こえている。わたしにはもうだめだが、若者たちには、キザとしかいいようのない食べ物や風俗音楽の描写が、魅力に違いないとおもえる。この作者には食べ物と風俗音楽は好きな道具立てなのだ。

4　物語としての魅力

この『ダンス・ダンス・ダンス』という作品は、「僕」というフリー・ライターでくらしをたてている三十四歳の独身の男の子が、何か充たされないものを探しだそうとして、以前に出かけていった冒険の旅で出遇った「羊男」に再会し、その折、失踪してしまった同棲の女性「キキ」を探しだそうと、もとのホテルをたずね、奇妙なひとつながりの、現在の風俗に潜んだ病的なくせのある性格の人物たちと、つぎつぎに出会ったり、離れたり、情交をかわしたり、死に立ちあったりして、ひとと物の異常さにへとへとに疲れたあげく、けっきょくは最初に出遇ったホテルのフロント係の眼鏡をかけたふつうの女の子と、健康な愛撫を交わしあい、それが持続しそうな予感がしてハピイ・エンドになる愛と冒険の物語だ、そういえばよさそうな気がする。そしてここで冒険という意味は、現在の風俗がこしらえている異常な人物、異常な性愛、異常な社会のメカニズムなどにぶつかり、くぐりぬけてゆく体験をさしている。

そしてふつう作品の純化がすなわち価値化だとみなされている純文学の世界では、あまりやられたことのない冒険小説めいた場面の仕掛けがふたつ施してある。

ひとつは、「羊男」という幻想が凝った人物としてあらわれるドルフィン・ホテルの廊下の奥にある場所だ。それはホテルの廊下が、時空の亀裂みたいなものを、あらわにしたとき、暗闇の奥に出現する。この場所は、作品に則していえば、物語の個々の場面をつないでひとつの流れにする装置の役割をもち、また作品のなかの「僕」にとっては、何をもとめ、何を必要とし、何処へゆけばよいのかわからなくなったとき、「僕」の物語のひとつひとつをつなげる配電盤のような役目をする。いいかえれば「僕」の物語と「僕」とを同一化する場面だといえる。もっとうがっていえば作者と作品の主人公「僕」とを同一化する電光みたいな一瞬の場面なのだ。

サイエンス・フィクションや幻想小説では、事実上の場面か、寓喩としての場面としてしかあらわれないが、『ダンス・ダンス・ダンス』ではこの場面や人物（「羊男」）は、何かの暗喩《メタファー》になっている。

主人公「僕」の喪失感が破滅までいかないで何かに結びついていることを暗示する場所の暗喩。その場所があるために何かを求めて生きているという実感が辛うじてもてるような場所の暗喩、等々。ようするに作品のなかの「僕」のくらしをひとつの物語として連結してくれるものの暗喩になっている。

構成上からいえば、ありふれた淡い風俗倫理や恋愛の物語であるこの作品を、迷宮につくりかえ、ポエジーのあるものにし、また読むものからすれば、サイエンス・フィクションや幻想小説やメタフィジカルな冒険小説の味覚をあたえる場所になっている。『世界の終りとハードボイルド・ワンダーランド』をへて、この作者が確信をもつようになった場面だとおもえる。これは作品の入口にあって〈つなげる装置〉になっている。装置の奥には何か非日常めいた暗喩の世界があり、導線がオンにつながると、登場人物たちの言葉や行動のはしくれが、ひとつひとつメタフィジカルな意味をもつように切換えられる。この〈つなげる装置〉は作品全体の暗喩の役割をはたしているのだ。

この作者は喩の作り方がうまい。暗喩がたくさん連結されてひとつのおおきな作品の暗喩になり、ひとつの作品の暗喩は、逆に作品の全体を指定する。この作者が現在でも崩壊や停滞をまぬがれている秘密は、この喩と作品の可逆的《リバーシブル》な過程にあるような気がする。

「灰色猿」「固い鉄球」「鷗たち」といった眠りにかかわる喩をとってみる。この喩をもっと大仕掛けに拡大すると「僕」やほかの登場人物たちの言葉や行動は、どこか非日常のメタフィジカルな調子を帯びてくる。その暗喩は「羊男」とそれがあらわれる時空の裂け目の、この装置に由来している。これを作者がエンターテイナーとしてサービスしているのだとみればただそれまでだが、喩法の拡張としてみれば、作者の文体がながい年月のはてに生みだしたひとつの達成だというべきだ。サービスがいわば構成的な必然に転化されている。この力業は作者の内奥にかくされた孤独に由来するので、見掛けほどわかり易いとはいえまい。

この作品にはもうひとつ〈死を予知している装置〉がしつらえられている。「僕」は、少女ユキを母親のところにつれて行ったホノルルで、探しもとめていた恋人「キキ」らしい女を街で見かけあとをつけてゆく。「キキ」らしい人影は、六体の白骨のある「薄暗い部屋」に「僕」を誘導し、そこでまた消えてしまう。この六体の白骨のある「薄暗い部屋」は、いわば死を予兆し記録する装置で、六体の白骨は登場人物の周辺からどうしても六人の死者がうまれる予兆を暗示している。そしてそこへ導いた「キキ」自身もすでに、白骨のひとつかもしれないことになつている。

この設定は〈死を予兆する装置〉の役割をもっている。この作品の理念のひとつが現在の殺伐で無意味な日常に潜む〈死〉ということだとすれば、それを暗喩する装置だ。『ダンス・ダンス・ダンス』は「僕」や作品に登場する人物のあいだの、くらしのあいまに起る物語でよかったはずだ。だが非日常的な何かを求め充たそうとする「僕」の願望と、「僕」をとりまいて起る非業の現在〈死〉については、作者はたんに物語ではなく神話めいた場所に置いてみたかったのではないか。つまりこの作者は、わが知識人たちが神話を信仰として固執したり、神話の崩壊に目覚めたあげく、せめてゴルバチョフ神話にでもすがらなければとおもいながらも、その身はくらしの快楽にすこしずつ狎れつつある現在、逆にくらしにまつわる快楽を営めつくしたあげく、ほんのすこし非日常的な神話や呪詛の言葉に場所を与えてみたくなった、そうじゃないかなとおもえる。

その証拠をかためるには、「僕」が五反田君の自殺のあとで述懐するセリフで、この作品の理念のクライマックスを象徴できると仮定すればいいとおもう。

メイの死が僕にもたらしたものは古い夢の死と、その喪失感だった。ディック・ノースの死は僕にある種の諦めをもたらした。しかし五反田君の死がもたらしたのは出口のない鉛の箱のような絶望だった。五反田君の死には救いというものがなかった。五反田君は自分の中の衝動を自分自身にうまく同化させることができなかった。そしてその根源的な力が彼をぎりぎりの場所にまで押し進めていってしまったのだ。意識の領域のいちばん端にまで。そしてその境界線の向こうの闇の世界にまで。

しばらくの間、週刊誌やＴＶやスポーツ新聞が彼の死を食い荒らしていた。彼らは甲虫みたいに腐肉をとてもうまそうに齧っていた。そんな見出しを見ているだけで僕は吐き気がした。彼らが何を書いて何を言っているかは見なくても聞かなくても想像がついた。僕はそういう連中をひとりひとり締め殺してまわりたかった。

金属バットで殴り殺せばいいんだ、と五反田君が言った。その方が簡単だし、早い。

いや、そうじゃない、と僕は言った。そんなに早く殺しちゃもったいない。ゆっくりと締め殺してやる。

それから僕はベッドに寝転んで目を閉じた。暗闇の奥の方から「かっこう」とメイが言った。

僕はベッドの上で世界を憎んだ。心の底から、激しく、根源的に、世界を憎んだ。世界は後味の悪い不条理な死で満ちていた。僕は無力であり、そして生の世界の汚物にまみれていた。人々は入り口から入って来て、出口から出ていった。出ていった人間は二度と戻ってこなかった。僕は自分の両手を眺めた。僕の手のひらにもやはり死の匂いがしみついていた。どれだけ洗ってもそれはおちないのだ、と五反田君が言った。ねえ、羊男、これが君の世界の繋げ方なのか？　僕は終わることのない死によって世界に結びつけられているのか？　僕はこれ以上何を失おうとしているんだ？

君が言ったように僕はもう幸せになれないかもしれない。それはそれでかまわないよ。でもこれはあまりにもひどすぎる。

僕はふと子供の頃に読んだ科学の本を思い出した。そこには「もし摩擦がなかったら世界はどうなるか？」という項があった。「もし摩擦がなかったら」とその本には書いてあった。「自転の遠心力で地球上の何もかもが宇宙に吹き飛ばされてしまうでしょう」と。僕は実にそんな気分だった。「かっこう」とメイが言った。


きっと若い読者なら、作品の主人公「僕」としては稀にみるはげしいまじめな語調で語る述懐に感動するかもしれない。

でもわたしは「『かっこう』とメイが言った」と二度でてくる転調の方が重要だとおもう。世界にたいする「僕」のまじめな呪詛がこの作品の理念、つまり作者村上春樹の本領ではなく、主人公のまじめな呪詛のあとに「『かっこう』とメイが言った」という転調をつけくわえているのが本領だとおもえるからだ。それは世界没落感や終末感が滑稽になって、まして世界救済感が見当ちがいの錯誤に陥っている現在を、幾分かは滑稽化し、幾分かは愉しく笑いとばしてしまわなければ、つじつまがあわないことを、この作者が見事に感受している象徴だとおもえる。「かっこう」というのはやさしく美しいコールガールのメイが「僕」と感動的な性行為をおえたあと、幾分かは充ちたりた飽和感を、幾分かは快楽に充ちたりたじぶんたちの照れくささをまぎらわすように繰り出した符牒の塊りだ。手塚治虫のマンガのヒョウタンツギのようなこの「かっこう」とペアで、はじめて「僕」の述懐は『ダンス・ダンス・ダンス』という作品の倫理になっている。

瞬間論

1

わたしたちがいま、瞬間という概念をつくりあげようとすれば、ある時間の流れをかんがえ、同時にその流れが停ったときをかんがえることになる。流れてしまった時間は過去で、まだ流れてこない時間が未来だとすれば、いま流れつつありしかも停っているというふたつの条件が、瞬間という概念が成り立つために必要になる。流れつつありしかも停っていることとは、ほんとをいうと点や線の図像からは作れない。点を連続する線としてみたり、線を断続した点としてみたりという矛盾を強いることができないからだ。眼で見られる経験の世界では、瞬間という概念は、さまざまな測度をもった時間の系列がおり重なった束みたいなものとして像化されるほかない。おり重なりが多様なためにこの時間の束は流れていながら停っているという瞬間の像を成り立たせることができる。おなじことをべつの言葉で言いかえてみる。この瞬間のなかには、ほんのすこし以前に流れてしまった時間である過去と、ほんのすこしあとからやってくるはずの、まだ流れてこない時間である未来とかが、束のなかに滲みとおっている。これは重要なことだ。わたしたちはここで瞬間のなかに言葉がどう介入できるのかを知りたいとおもっているのだが、それができるためには瞬間の束のなかに、ほんのすこしの過去とほんのすこしの未来が、わかち難く滲みこんでいるという仮説が必要におもえる。

　ところで瞬間の束に滲みこんでいる過去は、いちばん新しいもので象徴させればいま感覚の対象になったそのものだとみなされる。どうしてかといえば、感覚で受け入れたものを即座に了解する時間が、単位の極小の時間性とみなされるからだ。おなじように瞬間の束のなかに滲みこんでいる未来は、いちばん近い未来としては、空間的な対象になったじぶんの（行動の）自己了解の時間だとみなすことができよう。どうしてかといえば、この時間は極端にいえば、自己了解という（行動の）時間そのものだということもできるからだ。

　こうかんがえてくると瞬間の束のなかにいるわたしは、ほんのすこし過去に感覚し、同時にほんのすこし未来に行為しているじぶんが、おなじ身体に統一されているものをさしている。そしてもしかするとほんのすこし過去に感覚したものを了解しているじぶんの時間と、ほんのすこし未来に行為するじぶんを了解している時間とが、おなじ束のうちに統一されている状態なのだ。わたしは行為するじぶんの了解をつぎつぎに感覚するじぶんの了解のほうへ流れ作業のように送りこみながら、現在の瞬間という意識を保っているといってよいのかもしれない。

ところでわたしが感覚するほんのすこしの過去は、わたしのまわりに対象の山を積みあげる。これが誤解されやすい言い方ならば、さまざまの対象をさまざまな形や素材や表面としてわたしのまわりに出現させている。わたしがそれを了解しつづけているかぎり、わたしのまわりに積みかさねられ遠近をつくってゆく対象の群れもまた、出現することをやめないことになる。わたしがこの状態を瞬間の束である現在として設定しようとすることは、感覚する過去と行為する未来とを、了解の時間としてじぶんの身体で統覚することを意味している。この瞬間には時間の流れは停滞し、切断されることになる。そしてこの状態を俯瞰できたとしたら、わたしがじぶんの関心のある事物に囲まれている現実の世界の風景がそっくり眺められることになっているはずだ。

言葉がこの瞬間にはいりこめるとすれば、停滞し、切断されるこの時間の流れのところにしかありえない。そしてほんのすこしの未来の行為とほんのすこしの過去の感覚作用のあいだに手渡される時間の接続のかわりに、ほんのすこしの過去の感覚とほんのすこしの未来の言語行為のあいだに時間の回路をつくりだせばいいことになる。そして言語行為の回路は、行為の回路とまるで直角にちがう方向に、未来を設定することになる。でもほんとをいうと、この感覚と言語行為との回路はただ話される言葉にしかすぎない。この場のこととしていえば、わたしがじぶんの関心のふかい事物にとりかこまれて現実の世界のなかに、じっさいにおかれている状態でつくられた感覚と言語行為の回路だということだ。書くという言語行為が登場するとまったくいままでとちがったことになる。たぶん感覚のかわりに感覚の像が、ほんのすこしの過去を了解する時間の像をあらわし、言語行為はそういってよければ書くという（記述という）現実の行為と純粋の言語行為のふたつに分割される。そして記述という現実の行為と、まだその正体がわからない純粋の言語行為という、二重の行為をほんのすこしの未来からまねきよせることになる。そして書く（記述する）という現実の行為と純粋の言語行為のあいだをつないでいる回路は、表現だといってよい。

瞬間の束であるわたしの**現在は**ここまでやってきて、おおきな混沌に出あうことになる。むしろ混沌をつくりだすことで、感覚と行為のあいだに書くという言語行為を介在させているのだといった方がいい。わたしたちはここまで感覚と行為から成り立つ瞬間の束を、線状の過去と線状の未来との時間の出あいのように一義的に言ってきたが、書く（記述）という現実の行為と純粋の言語行為とが分割され、二重化したところで、ほんとは混沌とした回路をつくりだしていることになる。感覚の像《イメージ》のかわりに現実の感覚を純粋の言語行為とむすびつけてみたり、感覚の像《イメージ》を書く（記述）という現実の行為に連結して瞬間の回路をつくってみたり、また本来の感覚の像《イメージ》と純粋の言語行為とを結びつけたり、といったことを自在にやりながら、わたしの瞬間を成り立たせたりしている。〈感覚〉〈感覚の像〉、〈行為〉と〈書く（記述）行為〉、〈書く（記述）という現実の行為〉〈純粋の言語行為〉といった要素のあいだに故意に自在に混沌とした回路をつくりだすことで、表現の瞬間をつくりあげている。そのためにわたしたちはあるひとつの文学作品を読みながら、この作品は書かれている（記述されている）のではなく話されているのだと思いこむこともありうるし、作品が言語行為であるのに、登場人物たちがじっさいにやっている現実的な行為を見ていると錯覚しながら読んだりしている。また言語行為をたどる体験なのに、じっさいに現実の世界で体験しているよりももっと喜んだり哀しみを感じたり、汗を流したりしながら読んでいることもありうる。この根本的な理由は、書く（記述）という行為が、現実的な行為と純粋な言語行為とに分割し、二重化されたときに、作者によって意識してつくり出された混沌にその根拠をおいている。

わたしたちが言いたかった場面は、もうすこしさきまでたどることができそうにおもえる。ひとつはわたしたちが純粋な言語行為とみなしたものが何を意味し、どこから生まれ、どこへ行こうとするものなのかということだ。もうひとつは瞬間の束が感覚と行為の回路を感覚行為としてほんのすこしの過去でもなく、ほんのすこしの未来でもない現在に収斂させてしまうことがありうるかということだ。わたしたちがここでいう純粋の言語行為がどこから生まれ、何を目指すかを、現実的なものとしていうことは難かしいが、抽象された本質としていうことはそんなに難しいとはおもえない。そう言ってよければ、〈聴く〉ことと〈視る〉ことの統合を最終目的として目指して、いずれにせよ〈触わる〉ことと〈味わう〉こととがおなじであった生命（体）の初源の感覚行為からはじまったものだ。そしてそこに根拠をおくもののようにおもえる。もうひとつ感覚行為としての現在に収斂するものもまた〈触わる〉ことと〈味わう〉ことが分離できない口腔の感覚と行為にゆきつくといっていい。わたしたちの国で鬱病の精神現象学者としてよく知られているテレンバッハは、ここでわたしたちが純粋の言語行為の起源とみなしているものを、口腔の感覚運動行為の根底にあるものとして、とても具象的に解明している。

一様のリズムで、時には深く、時には不規則に、息を吸いこみながら、食べるまえに、食べ物のにおいを嗅ぐこと、嚙んだりすすったりすること、食べ物や飲み物の性状についての（粘膜の）感覚、味わい、飲みこみ、楽しむこと、そして最後に満腹感における共鳴。これらすべては一つの生物学的行為として融合しているし、また――のちにメランコリー患者の口腔感覚体験を分析する際に見るとおり――一体となって変化する。知覚と運動の関連がこの口腔領域におけるほど本源的でありつづけるところはほかにない。エーディンガーがその口腔感覚の構想で始めたものは、こうして、感覚運動性の結合（*sensomotorische Vershränkung*）というフォン・ワイツゼッカーの概念で受けつがれた。味わうことはいつも同時に噛んだりすすったりすることであり、嗅ぐことは呼吸することである。「われわれは食べ物とつきあう、そしてあらゆるつきあいは相互的な関係である。……堅いものと柔らかいもの、なめらかなものとざらざらしたもの、かわいたものとしめったもの、つるつるしたもの、つぶつぶしたもの、そしてねばねばしたものなど、これらの感じはすべて顎、舌、頬、歯の運動をとおして初めて発生する」（ボイテンデイク、一九五七年）。感官と世界とのほかのどんな関係もこれほど徹底的には示してくれないことだが、われわれは、仮りに相応する運動との結合を断ち切ろうとでもすれば――つまり呼吸をとめるか噛むのをやめでもすれば、知覚できるものも知覚できなくなってしまうだろう。

（テレンバッハ『味と雰囲気』宮本忠雄・上田宣子訳）

嗅ぐという感覚は呼吸するという根本的な生命行為にまで関連づけられ、味わうという感覚は飲むとか吸うとか、かたいとかやわらかいとか、なめらかとかざらざらしているとかいう乳児期の触知の全体的な感覚と不可分なものとして生命がじぶんを維持する根拠になっている快感の発生点に結びつけられる。わたしたちが純粋な言語行為のはじめとおわりにあるとかんがえているものもまた、感覚することが行為することだという瞬間に成り立っている意識の現在性とおなじものとかんがえることができる。フロイトには口唇期リビドーという概念があるが、この概念は嗅ぐと味わうという感覚行為の根にあるものを、性器を口唇の暗喩とすることで同一化したものであった。この場所はまた嗅ぐ味わうのような源初の感覚と純粋の言語行為とが瞬間の束を純化してゆく場所だということもできる。もし純化のはてに純粋の瞬間が成り立つという比喩をつかえば、わたしたちは芳香性の性的分泌物質を発散し、それを嗅ぐことで信号し、交通しあっている昆虫のような種に変身する暗喩の存在になぞらえられる。そこでは、性的物質を嗅ぐことと、交通と、純粋の言語行為とが同調した、純粋瞬間の概念が想定されるといってもよい。

この暗喩的な状態はもうすこしさきまでおしすすめることができる。嗅ぐと味わうが未分化なままにつくりあげているほんのすこしの過去と、ほんのすこしの未来を巻きこんだ現在の瞬間の束が、同調する雰囲気、未分化な交通をつくっているというわたしたちの思い込みは、あるばあいには齟齬をきたしたり、ずれを生んだり、濃すぎる強度をもったりしながらも、わたしたちが暗喩的な同類や気心のしれた同種との親和を保証されているとみなしている拠り所になっている。そして嗅ぐと味わうの感官の働きをつくっている嗅覚と味覚とが、純粋の言語行為のようにつくっている交通の雰囲気が、嗅覚と味覚の障害や、この源初感覚の障害にもとづく音階の障害をともなうとき、わたしたちは孤独な無音階の世界に出あうことになり、そこから妄想性の幻聴を体験することがありうる。嗅ぐこと味わうことの障害は聴音の障害と連結し、それは無音階の状態にたえられなくなって被害性の幻聴の音をまねきよせる。この一系列のつながりは純粋瞬間が成立させるドラマだということができよう。

2

純粋瞬間の束が成り立たせるドラマを言語行為として表現している作品の典型的なもののひとつを村上龍の作品にみることができる。作品が持続しているあいだだけ、瞬間の束を成りたたせる要素として必要な嗅ぐこと味わうことの微妙な快と、この原始的な感覚が正常と異常の境界のところで微妙につくりだす幻の知覚を、読むものに鮮やかに喚起しながら、作品をはなれてしまうとほとんど即座にといっていいくらい印象をとどめない。およそわたしたちが文学作品の大切な条件としてかんがえたがる印象や記憶の残響をうち消して、言葉を何とかして瞬間の強烈な快に収斂させながら、しかも作品のそとにはまったく持ち越さないようにする反芸術的なモチーフがこの作家の特徴だということがわかる。嗅ぎ、味わい、吸い、ぬるぬると這いまわりという嗅覚と味覚の行為が、そのままリビドーの行為に像《イメージ》を連結させ、正常と異常の境いをひとりでに越えていく世界は、類例がないと言ってよい。

だいじょうぶ、とわたしは答えた。二本目のワインもほとんど空になっていた。オードブルのアーティチョークと椰子《やし》ガニからわたしの眼と腹に妙なものが溜《た》まり始めた。椰子ガニの柔らかな内臓、ヌルヌルして黄色い生殖腺の舌を刺す苦さ、口の中でワインと混じり合って、つぶれ溶けるのではなく、違う生物として再生するかのようだった。その生物はアーティチョークのミルクのように濃い繊維を吸い、海亀の甲羅《こうら》の裏側の皮膚をとり入れて、成っていった。粘り気のある汁を吐き、細かなうぶ毛のはえた触手をのばし、数万本の節足で這《は》い回る生物に成っていった。わたしはその生物に支配されていた。

「ウニを食べた時なんです。仕事の仲間と、事務所の近くにある鮨屋《すしや》に行って、ボクはウニをつまんでとったんです。北海道の西岸でとれたという、身のしまった本物のウニでした」

「それが歯に詰まったのね」

「そうです。気持ちが悪いので、舌でとろうと思って舌を穴にあてて動かしていたんです。すると、突然、まず奇妙な音が聞こえてきたんです。穏かな風で大きな木の、全部の葉が鳴る音があるでしょう？　あるいは、とっても小さな虫が百万匹も一斉に動く時の音とか、それとも、百万人かの声をひそめたものすごく小さな笑い声とか、そんな音なんです。その音で視界にずれができたんです。ボクは慌てて目をこすりました。右と左の目が別々のものを見ているような感じだったんですよ。そのずれがしだいに拡《ひろ》がって、裂け目が拡がって、ボクはその中に引きずり込まれるように感じたんです。泳いでいて潮に吸い込まれる時と同じ感じですね。恐くて声を出しました。後で友人達に聞くとボクは叫んだそうです。視界のずれの果てに、見たことのない街並みがありました。汗の匂い、太陽が動物の排泄《はいせつ》物を乾かす匂い、狭い通りにうごめく人々、東南アジアのスラムだとすぐにわかりました。ボクはその中を歩いていたんです。南インドだと思います。もちろん行ったことはありません。泥に汚れた裸の子供達が手を差し出して群がり、半月刀の研ぎ師が豚の足を切って見せ、蛇使いの女が鼻の穴から口へと青い蛇を通し、格子戸からは何千人という売春婦達が手招きをしていました。

暑さと人々の熱気で目がくらみました。石畳の冷たい感触が快くて、ボクは日陰にある、孔雀《くじゃく》の様な家へと誘い込まれるように入っていったんです。玄関の傍のロビーのようなところに、黄金の巨大な仏像があり、白人の女が蘭の花に埋もれて立っていました。水を一杯貰《もら》えないかとボクは頼みました。女は孔雀を通って、噴水のある場所を教えてくれたんです」

「その女と寝たの？」

「アヌスファックでした」

「お尻の穴で？」

「そう」

「他にもいっぱいしたの？」

「セックスだけとは限りませんよ。スキーとか、オートバイとか、ただの散歩とか、いろいろです」

「今はどうなの？」

「穴のある歯は、左なので、きょうは右で嚙《か》みました」


（村上龍「公園」）

アーティチョークと椰子ガニが口腔のなかで混りあい、それが口にふくんだワインの沼地でまるで別の味覚的な生体におもわれてくる。「わたし」は左の奥歯が蝕まれて空洞ができ、そこに味わっている嗜好物がつまると、見知らぬ音や知覚の風景のイメージがあらわれると思い込んでいる。そしてそれは奥歯のうしろを通っている知覚神経を刺戟するために起るのだという解釈を信じこんでいる。ウニを味わっているとき歯の空洞につまり、そこに舌を動かしていると、風のような、たくさんの虫が動くような、ひそひそと人の笑い声のような幻の音がきこえはじめ、それといっしょに見たこともない東南アジアのスラム街の光景が浮びあがってきて、ひとりの白人の女とアヌスファックする。

この作家の作品にあらわれる瞬間の快楽の束の典型的なものだ。この世界は何を意味しているのだろうか。わたしには瞬間の強烈な快楽の束を言葉をつかって構成してみせ、そしてつぎの瞬間には消去して何ものこらない、いいかえれば現実的な人間の快楽行為の本質を提示してみせているというほかに、どんな意味も文学作品に与えようとしないことが、この作家の創作のモチーフのような気がする。そして瞬間に凝集されたこの快楽の要素が、嗅ぐことと味わうことの、リビドーへの同一化であることを作品によって鋭く洞察しているとおもえる。この作品に意味らしいものがあるとすれば、大臼歯のうら側に視床下部に通じる神経繊維が走っていて、味わう行為がそれを刺戟すると幻聴や幻視があらわれるという着想で、さり気なく正常と異常の境界を越えてみせるところにしかない。

わたしたちは文学作品の文学性を、否定行為かまたは肯定行為をその残響の過程で否定する行為だとみなしている。その見方からするとこの作家の近年の作品は、瞬間に肯定的に成り立つ快楽の説話で、まったく反文学的といってよい。だれも人間は快楽の渦のなかにあるとき肯定的な行為のなかにあるのだが、近代以後の文学はその瞬間の説話を文学とみなさない慣習をもってきた。そのためにこの作家は快楽の容赦のない強烈な肯定と描写を本領としているとかんがえられながら、その作品は反文学的、あるいは非倫理的とおもわれている。文学の常識は否定の残像に文学行為の本領をみとめる近代小説の観念をのがれることがないからだ。ばあいによっては否定の残像と余韻がながびけばながびくほどいい作品だとみなされたりする。その意味ではこの作家の近年の作品はすべて反文学性の行為として好意的な批評のなかに立ったことがないといえる。瞬間の感覚的な行為の即興性、その快楽の肯定的なモチーフがすべてだからだ。読者にとってはこの作家の世界は読者自身の快楽の行為とおなじように行動的な説話の文体から成り立っているために、歓迎されているに相違ないのだが、文学が大なり小なり理念になっている批評家や、快楽が大なり小なり被害になっている女性からは、ただ肯定の瞬間からできているこの作家の説話は、あまりに野放図すぎて評価の対象になりにくいのだといえる。

四歳の幼児が、顎を震わせながらアイスクリームを呑み込む私を見て、微笑んだ。その時、不思議な空気の波のようなものを感じた。発熱のせいかも知れない。幼児の微笑みが原因ではなく、アイスクリームが溶ける時にからだの中に温度差の波を起こしたのかも知れない。いや、女の子は微笑みなど浮かべてはいなくて、ただ単に、口許を歪めただけかも知れない。だが確かに波のようなものを感じた。暖かな波だった。私はスクーバダイビングをやっていて、一度小笠原の南三百キロの海底火山が吹き出す海に潜ったことがある。火口からは一キロも離れていたが、それでもウェットスーツ越しに時折暖かな波が寄せてきてからだを揺すった。女の子が微笑んだ時に感じたのはそれに似た波だった。

子供さんは一人なの？　と私が聞くと、一人でたくさんよ、と女はきつい口調で言ったが、その女の声に何か別の音が重なって聞こえたような気がした。ひ・と・り・で・た・く・さ・ん・よ、という音声に、何か別の音が絡まっているような感じがしたのである。

あたしもう主人と半年も会ってないの、と女が言った時、その別の音がやはり絡まって、一層強く聞こえた。

私は、その別の音を聞いてみようとアイスクリームを舐めながら神経を集中した。ずっとシンガポールなんです、ずっ・と・シ・ン・ガ・ポ・ー・ル・な・ん・で・す、雑音がひどいラジオから注意深く音を拾うようにして、女の言葉に絡まる別の音を聞いた。

アイスクリームおいしいね、《ずっとシンガポールなんです、》と聞こえた。

私は女の子の方を見た。女の子もじっと私を見ている。

あたしママがしゃべるときでないとしゃべれないの、あたしがしゃべってるの聞こえ《さいしょはてがみもくれたけど、いまはもうほったらかしでしょ、みぼうじんみたいな》る？　あたしよ、《ものですよ、》

私は女の子を見てうなずいた。女の子も微かにうなずいた。普通の精神状態だったら驚いただろうが、熱で視界に陽炎がゆらめいたので、テレパシーというのはこういうものかと単に納得した。

君がしゃべってるの？　と私も女の子に向かって無言で聞いてみた。だが、女の子は首を振った。

ダメあなたの声は聞こえないわ、なにか思ってるっていうのはわかるけど、あなたあ《あたしさびしいとかそういうふうにはおもわないんですよ、ただね、なんだ、こんなものだっ》たしのママのこと好き？《たのかってかんじね、》

「そうか、君もいろいろ大変なんだ」

ママのこと好きになってあげて、あたしはともだち《べつにたいへんとかそういうのではないんです、》がたくさんいるけどママはいない《さびしいっていうのともちがうわ》の、《ね、》ママはひとのことをわるくちをいう《ちからがでないっていうのかしら、》けどとてもいいひとなのよ、やさしいの、《そうね、することってあまりないものね、》

「何かさ、趣味とかそういうのを見つければいいじゃないか」

ママあなたのこと好きみたいって《そうね、なにかいいのないかしら、》あたしわかったから《あたしあきっぽいし、》ママにあなたを誘いなさいって《じゅけんがイヤでみず》言ったのよ、ママのともだちでしょ？《しょうばいやったようなひとだから、》

「そうだな、オレはこのあたりじゃよくテニスをするんだけど、一緒にやるか？」

あたしテニス知ってる、《え、テニス、そうね、テニスってでも》あなたじょうずなの？だったら《むずかしいんでしょう、》ママにおしえてやってちょ《あたしこうこうのこ》うだい、あそんであげてちょうだい、《ろハンドボールをすこしやったことあるんだけど、》あたしママがたのしそうにしてるのが好きなの、《だいじょうぶかしら、できるかなあ、》

わたしと女は電話番号を交換し、テニスをする約束をして別れた。

そして、その後、何度かテニスを教えた。

（村上龍『料理小説集』*Subject 5*）

高熱の女の子をつれた昔なじみのあったホステスと、「私」がおなじ高熱で悪寒をおぼえてやってきた医者のところで偶然であい、お茶を飲みながら一別いらいのよもやま話を交す場面だ。高熱の女の子と、高熱でアイスクリームを味わいながらその母親と会話しているうちに、母親の会話の言葉に憑いて、そのあいだから女の子の会話の無音階の言葉が「私」にきこえてくるところだ。このたった十二、三枚の掌篇は、瞬間を文学の本質とすれば不朽の作品のようにおもえる。残念なことだが文学はいまでも永遠であったり、持続であったり、残響する名残りであったりしている。

これは高熱に浮かされ、もうろう状態でつくりあげた「私」の幻聴の思いつきを描いてみせたのではない（そう言っているが）。だいいちにアイスクリームをなめているという味覚の体験が純粋の言語行為とおなじように、波の重畳であり、それがつぎつぎに交通して伝達されゆく了解の時間の重なりであることが、この作者によって感知されている。まず「私」がなめているアイスクリームの味が、女の子に伝達されて「私」と女の子のあいだに昆虫のような共振が成り立ったことが、女の子の無音階の言葉が母親の会話の言葉に憑き、それに乗って伝わってきた根拠なのだ。母親の会話が話言葉だとすればそれに乗った女の子の言葉は、わたしたちがここでかんがえてきた純粋の言語行為にあたっている。そしてこのふたりの言葉の並行性と釣合いとのあいだに表現は成り立っている。女の子の言葉が意味している内容は「私」のリビドーの願望が瞬間の停止の裏側を流れる時間の流れに沿っている。

現在への追憶

2

ここで「現在」の文学の東京チャンピオンであり、東京チャンピオンということは、もしかすると世界ランキング三位までに入るかもしれない村上春樹のひとつの小さな作品に登場してもらおう。さきに登場した女流二家の作品（萩野アンナ「背負い水」と小川洋子「完璧な病室」を指す――編集部註）と似たシチュエーションをもっているからだ。ふさわしい例として「TVピープル」という九〇枚くらいの作品をとってみる。そのまえにまったく非文学的なことで済まないが、「現在」の文学というばあいの「現在」というのはどんな時代を指すか、わたしなりに言っておきたい。簡単なようにおもえるかもしれぬが、この定義に到達するために、わたしはかなりな長期間よく考え、本を読み、社会や経済や文化の現象を観察してきた。いろいろな定義を試みてみたが、どれもこれも一義的（アインドイッティッヒ）に「現在」を指せないようにおもわれた。もしかすると一義的に「現在」を定義づけようとすることがはじめから無理なのかもしれない。でも「現在」というものをぴたりと言い当ててみたいという願望は、また批評のやみ難い欲求だともいえる。わたしの「現在」の定義はつぎのようなふたつの条件を充たすものだ。

(1)平均の所得人を想定して、その所得人が所得の五〇％以上を消費にあてていること。

(2)平均の所得人のその消費額のうち、五〇％以上を自由に択《えら》んで使える消費（選択消費）にあてていること。

消費はいわば遅延された生産だといえる。そしてこの遅延はどこかで境界を超えて、計量が不可能な領域へはいってゆく。そこでは消費が浮遊してしまうのだ。「現在」の像《イメージ》を描くとすればこの境界性のところがいちばんふさわしいとおもえる。

村上春樹の「ＴＶピープル」でいえば、主人公「僕」とその妻とのつぎのようなシチュエーションはこの「現在」の条件にかなっているようにみえる。主人公「僕」はソニーの商売仇の家電メーカーの社員として、「妻」は出版社の編集者として共稼ぎしている設定になっている。

僕はまた新聞をとりあげて、同じ記事を二度読んだ。それからふと、夕食の支度をしようかとも思った。でも妻は仕事の関係で夕食を済ませて帰ってくるかもしれない。そうなれば作ったぶんだけ無駄になる。僕ひとりの食事ならありあわせのもので何とでもなる。わざわざ作ることはない。もし彼女が何も食べていなかったら、外に出て二人で何か食べればいい。

（村上春樹「TVピープル」）

共稼ぎで、主人公はおおきな家電メーカーの社員だ。その妻は出版社の編集者で、それぞれ別の職業にうち込み、どちらかが食事の用意ができないばあいは、一緒に外食すればいいという生活風俗は、典型的に「現在」にかなっているとおもえる。

作品のTVピープルは、ふつうの人間よりも縮尺された青い服の男たちとして設定され、「僕」の家に三人で勝手に侵入して、テレビを部屋に備えつけて去ったり、職場の会議室に侵入してきてテレビの設定場所を探して、うまく見つからないと部屋を出ていってしまったりする。「僕」には気にかかって仕方がない存在で、しかもTVピープルの行動を受け身で容認せざるをえない奇妙な強圧力を感じるのだが、妻の方は見知らぬテレビが部屋に置かれているのに、「これなに」とも、「どうしたの」とも言わない。また会議室に出席している会社の同僚たちも、TVピープルの振舞いをべつに気にしていないようにみえる。ようするに作者は、TVピープルを「僕」の幻覚というよりも視覚妄想の産物として設定しているのだとおもえる。つまり「僕」は視覚的なパラノイアなのだ。幻覚と作者が設定した視覚妄想と何がちがうかといえば、どちらも「現在」病の冠たるものだといえようが、幻覚が病気なのに、視覚妄想は解釈の体系があるところにしか現われないことだ。このばあい作者が設定した「僕」の視覚妄想にひとりでに潜在している解釈の体系が、この作品のフィクションに対応していることになる。いいかえればそこがこの作品の「現在」なのだ。この妄想解釈の体系によって「僕」は病者ではない常人のような振舞いを辛うじて保っているように、この作品は描かれている。

また主人公の「妻」はもっと無意識に感覚が病んでいるように設定されている。あたかも小川洋子の「妊娠カレンダー」の姉とおなじなのは、偶然の数値がおおいことを象徴しているようにおもえる。

妻はまだ帰っていなかった。僕はネクタイをほどき、しわをのばしてネクタイかけにかけた。スーツのほこりをブラシで払った。シャツは洗濯物入れのかごに放り込んでおいた。髪に煙草の匂いがしみついていたので、シャワーに入って髪を洗った。いつものことだ。長い会議があると、体に煙草の匂いがしみついてしまう。妻はその匂いをひどく嫌がるのだ。彼女が結婚してまず最初にやったことは、僕に煙草をやめさせることだった。四年前の話だ。

（「TVピープル」）

嗅覚が過敏になっていることは、呼吸のリズムが正常でなくなっていることと対応している。「僕」が視覚妄想に解釈の体系をつけくわえることで、生活の正常な運行を辛うじて保っているように、この主人公の「妻」は嗅覚を過敏にすることで、問題はあっても正常な夫婦のかたちに耐えていることになる。

おなじ質の印象ぶかい作家たちの印象ぶかい「現在」という条件をもった作品は、どこかに境界性をさ迷うような、また境界をふみ越してはまたもどってくるような病的な像《イメージ》を共通に描いている。もしかすると個々の作家たちが作品によって産み出している「現在」の定義は、境界性の病気を登場人物たちが含むことということになるのではないだろうか。境界性というのは病気と健常のあいだを任意にも、条件によっても自由に出入りできる状態にあるということだ。登場人物が境界性の病気をかならず含むことが個々の作家が作った「現在」小説の条件だと仮定すれば、この条件はもっと拡張した境界性の理解にゆきつく。それは「現在」の文学作品は境界性のフィクションから成り立っているということだ。境界性のフィクションという概念は、いくつかの要素でいうことができるとおもう。

ひとつは、文字通りいつでも現実のほうへ（側へ）解体できるようなフィクションということだ。これはいうまでもないことだが、フィクションであることも、ドキュメントであることもできるという意味ではない。あくまでも境界性であるフィクションということだ。これはすぐにそのあとの条件をつくりだす。「現在」では境界性のフィクションのところでしか文学という概念は成り立ちにくいのではないかということだ。さらに違う第三の条件がやってくる。この境界性のフィクションは、かならず境界を解体させてノンフィクションの領域に引き込むことによって産み出されるフィクションから成り立っていることだ。

いまわたしがとりわけ好きな項目を病気のボーダーライン・スケール（ＢＳＩ日本版）五〇項目と除外項目二つのなかからとりだしてみよう。

(1)私は周囲の人や事物からいつも見放されている気がする
(2)私は他人との親しい個人的関係を持つことを恐れている
(3)私は人生に立ち向う力がないと感じている
(4)このところずっと幸福だと思うことはない
(5)私は何でも新しいことが恐い

(6)私の周りには何か壁があるように思う
(7)私は自分が何かを演じているかのように自分を見ている
(8)私はいない方がむしろ家族はうまくやっていくだろうと思っている
(9)実際起こったことと想像したこととの区別がよくわからない
(10)他人は私を「物」のように扱う
(11)私はまるで霧の中に生きているようにはっきりしない
(12)私の周りで何かが起こりそうだと感じる
(13)私は残酷な考えが浮かんで苦しむことがある
(14)私は広い場所や市街にでることを恐れている
(15)時に私は自分自身でないと思う
(16)私は余り気のない人ともしばしば性的関係を結ぶことがある

（町沢静夫「ボーダーライン・スケールの日本人への適応」『精神科治療学』第4巻第7号一九八九年七月より抽出）

わたしがいう境界性のフィクションとは、例えてみればここに抜きだした項目を、否定する人物、または肯定する人物を登場させながら、境界への関心を去らないようなフィクションのことだ。ここでとりあげた「現在」の文学の旗手たちの作品には、きっとこの項目のどれかの否定になっている人物、肯定せざるをえない人物が登場しているに相違ないとおもえる。すると文学が「現在」である条件はこの境界性の近傍をはなれることのない圧縮された帯域にしか、ほんとうはフィクションを設定できないということかもしれない。これは別の言葉でもいうことができる。「現在」の文学は、病気と健常のあいだの境界性の近傍に多様で多彩な世界を造形することはできるにちがいないが、生と死の境界性のあたりに触手をのばすことは、まだできない。それができるためには健常（すこやかで明るいこと）の概念が「現在」とまったく次元のちがうところに移動しなくてはならないとおもえる。わたしたちはまだ「現在」を追憶できるほどの徴候を手に入れてはいないのだ。

※編集部註　「現在への追憶」は1と2があるが、本書では2のみを収録した。

反現在の根拠

現在のマス・カルチャーの視線を人工的に仮定したうえで反現在の重量級の旗手たちの近作を眺望してみたい。この作家たちは黙ったままでもじぶんの読者がゼロになる方向に作品をひっぱっているようにおもわせる。そうでなければ逆な倒像を作っている。古井由吉、丸山健二、村上龍などがそれだ。現在のマス・カルチャーの力能からすれば、たんに読者をゼロにもっていくのに、べつに文学者たちの資質や努力などはすこしもいらないはずだ。いまでも平均の所得人が所得の五〇%以上を消費にあて、そのうえ消費額の五〇%以上をじぶんで択んで使っているのが実状だとすれば、読者がバブルにこりて有価証券を買いひかえるのとおなじように、文学作品を一斉に買いひかえれば、限りなく透明に読者はゼロに近づくことになる。いいかえれば読者が文学についての理念や見識や経済的な力能に目覚めさえすれば、すくなくとも半分までなら、読者は減ってしまうことになる。じぶんの読者がゼロになるように作品を書いていると思わせる作家たちは、ほんとは、どんなモチーフを秘めて作品を産みだしているのだろうか？　これを作家たちの意企されたモチーフと無意識の力能にまたがって分析しつくすことは、なかなか難かしい気がする。ただ、たとえば古井由吉の作品が現在に主題をえらんだばあい発揮している特徴から、ひとつの分類の比喩的な論理をみつけだせる気がしてくる。丸山健二の作品についても、村上龍の作品についても、それは言えるはずだ。現在では巨大な物語も極微の物語も構造としてみれば等価だ。それに現在でも憎悪・恐怖・殺害・死・混乱・病気（分裂病・鬱《うつ》病）の渦巻いている文化の中間地帯を、巨大な物語も極微の物語も、ひとしなみになかなか離脱できずにいる。また手にいれたはずの既得権に気づかなかったり、使いこなせずにうろうろしていることもたしかだとおもえる。

寝ている間に気圧が急降下して、風は吹き荒れ、雨は叩きまくり、明け方にはすでにほんのりと晴れているということもある。あれだけ昏々と眠ったのに、こうも疲れはてて、芯が茫然としているのは、連年の無理が積もったか、やはり春先の陽気のせいか、とぼやきながら、一夜、天の変動に肉体が反応して、再三きわどい境まで膨張したことを、もろに悶えたことを知らずにいる。夜半過ぎの深くまで目覚めている暮しのおかげで、大方の人間の眠っている間の空模様の知れる立場にある柿原にしても、夜明前に眠って午前の遅くに起き出し、寝汗をくりかえしかいたような虚脱感から、晴れた日の、正午へかかる安穏な光に見入っているうちに、洪水みたいな雨だったわね、と妻に言われて曖昧に辻褄を合わせることがある。つい半時間ほど前まで地を叩いて降りしきっていたという。

何事があったか、夢にも見なかったが、夜の眠りの影のごとく、遅々として過す日がある。影でも仕事はできる。人とも話は通じる。飯も沢山に喰う。しかし影というものは妙に重たいものだ、あらわに重たいものだ。

（古井由吉『楽天記』「雛祭り」）

梅雨時の白い花を眺めていると、情が相手の男の存在を超えてひとり溢れ静まってしまった時の、女の肌のにおいを思わせられる、と誰かがつぶやいていた。

（同「雨夜の説教」）

鬼みたいに働くな、とこの半月ばかり、そうも頻繁ではないが仕事中の口癖に近いものになっていた。もとより柿原の仕事はそのように烈しい質のものではなく、のべつ停滞して、ただ気のつながるのを待っている。ただ机の前に身をしんねりと据えているだけの、無為の間《ま》のほうが大半になる。その間がやや長くなる頃に、それが口をついてこぼれる。自身の苦労をからかう陽気さにもとぼしい。鬼という言葉には、馴れぬ意味合いがおのずと忍びこんでいるようだった。その後で、静かだな、とべつにそうも感じていないのに、いたずらに口走っていることもある。

（同「けのんガ淵」）

『楽天記』の主人公柿原の微細な身体生理のうごきと、微妙な心理のうごきとが粘りつくように連動している描写を挙げた。そして生理と心理の動きが融《と》けあった発生状態のところでヒトの挙動を描いているところが、古井由吉の作品の特質にあたっている。性格とか個性とかが成立する以前の、生理が心理を微動させ、心理が生理の摂動であるところでヒトとヒトの関わりを描いているこの作家の本質は、水棲から陸棲へ脊椎動物が棲《す》みかえようとして上陸したときの、呼吸器官の変貌に比喩できる。すぐれた発生学者三木成夫の言い方をかりれば、上陸するとともにエラ呼吸に使っていたエラ孔は閉鎖されてしまう。そしてエラの筋肉は呼吸につかわれなくなって顔の表情、喰べものの嚥下《えんげ》、発声用のノドを動かす筋肉にかわってゆく。これがエラの筋肉が顔の表情を動かす筋肉として心理作用と融けあい連動するはじめの発生状態だ。そして肺の方にかわった呼吸作用は体壁の筋肉をかりることになる。その上もうひとつ、くびの筋肉が剝《はが》れて心肺のうしろからずりおちて横隔膜をつくることになる。古井由吉の文学は比喩としていえば、登場するヒトを水棲から陸棲へ、あるいはエラ呼吸から肺呼吸への過程でとらえていることになる。現在のヒトの姿を描くのに〈性格〉〈個性〉〈社会機能〉のような属性をつかまえるのは避けられないなら、この作家のヒトはもっと原質的な、生理と心理が融け合ったところを指している。それは水棲から陸棲の発生状態まで文体と呼吸のリズムを遡行させ、そこから蘇えらせているることを意味している。もしこれがヒトの像を原形質の心理と生理に解体することだとすれば、この作家は初期のころから反復してそうしてきた。『円陣を組む女たち』のころから関係を粘着させるものがこの作家にとってヒトの原形質にあたっていた。それが反現在的なヒトの姿だというのはたしかなことだ。『楽天記』の連作ではこの像が現在のアジールをつくりあげているとおもえる。これはもっとさきまで考えをすすめてみなくてはとおもえる。

丸山健二は『千日の瑠璃』で巨大な現在のアジールをつくりあげている。そこは「まほろ町」「うたかた湖」「うつせみ山」「あやまち川」「かえらず橋」のような架空の地勢の名前がつけられている。そしてこの地勢名はただその場所が作品の舞台としてまったく架空だというだけでなく、この作家の観念の色合いで統御されたアジールを象徴している。「まほろ」「うたかた」「うつせみ」「あやまち」「かえらず」はいずれも仏教の色合いをもち、しかもはかなさとか無常とかを象徴しているし、ざんげが倫理の基準だという暗喩になっている。もっといってみればいくらか古風で単色なうす暗い色合いの地勢でかこまれた架空の町が舞台としてしつらえられる。

作品の作られ方もまた、特異だといえば特異だ。六百四十字ほどの単節をアト・ランダムに並べることから成り立っている。並べ方が問題になるが、この単節を一個のレンガとして、レンガを積んでひとつの巨きな建築物をつくるというふうにできていない。六百四十字ほどの単節を一個の懐中電灯の光だとすると、この懐中電灯の小さな光をつぎつぎにひろげていって千個の光が照らした範囲がこの作品だというふうに作られている。だから千六百枚の大長篇だというより、単節を一個の眼として千個の眼からできた複眼だというべきだ。もっと別の言い方をすればこの作品は六百四十字くらいの散文詩を千篇集めた詩集で、ぜんぶを読みとおすとほんの僅《わず》か物語らしい推移が見つけられるものになっている。それを言ってみれば、

(1)世一という知慧おくれとも、また神秘的な超能力をもっているともいえる少年と、少年が飼うようになったオオルリの幼鳥が、作者が大事にしている象徴の主人公だ。そして舞台の空間は「まほろ町」でそのまわりには「うたかた湖」や「あやまち川」や「うつせみ山」がある。

(2)「まほろ町」に住んで小説を書きつづけている人物が、熊のようなむく毛の犬を連れ

てこの町の景観のなかにあらわれたり、出来ごとを観察したりするが、作者の「事実」の投影をもちながらかくべつの役割をするわけでもないし、とくに偏執じみた観察をするわけでもない。それなのになぜ登場するのか、作者の意図を推測すればこの作品の舞台に「事実」らしい影を投影したいためだとおもえる。
(3)「事実」らしい影の要素はもうひとつ投影されている。「まほろ町」はリゾート開発の舞台に狙われはじめるにつれて、町民たちは元大学教師を会長とする自然保護グループと開発を推進して景気をつけようとする町長派との対立する舞台の役を荷うようになる。これは物語の進行を暗示する「事実」の投影だが、作者が描こうとしている散文詩の世界にとっては副次的な意味しかもっていない。
この『千日の瑠璃』の散文詩としての性格はどんなものか、代表的な例を挙げてみる。わたしの読みが妥当だとすれば散文詩としての性格は、とりもなおさずこの作品のほんとんどすべてだといっていい。つまりわたしはこの作品を大長篇小説としてよりも、散文詩の集合とみなしたいわけだ。

私は雪だまるだ。
筋力があまりにも不足している少年世一と視力零の少女のあいだに生まれた、絶対的でありながら相対的でもある、雪だるまだ。私は丸い背中をうたかた湖へ向け、いびつな顔を町の方へ向けている。木炭の代りに黒っぽい枝で作られた表情は、自分ではよくわからないが、その日その日の生活に追われる者が天を仰いで長嘆しているようにも、臨月を迎えた女がまんじりともしないで一夜を明かそうとしているようにも見えるかもしれない。

世一は葉のついた松の枝を私の左右に突き刺して、それを腕とする。その腕はさしずめ、意に適わぬことが多過ぎて懊悩の日々を送り、他者を顧みる暇もない人々を、そっと抱きしめるためのものかもしれない。つまり、私の出来映えは造物主のなせる業に限りなく迫っているのではないだろうか。死病に取り憑かれている少年は、オオルリの声を真似ながら私を巡ってぐるぐると回り、希望を失ったことがない少女は、見えない眼をぐっと近づけて私のうつろな眸子を覗きこもうとする。

そして世一は、自立と克己の精神を身につけたいっぱしの男のような声で笑い、減らず口を叩き、私にひしと抱きついた少女は、愛唱歌を低唱しながら感極まって泣き出す。笑う少年の眼にはうっすらと涙が浮かんでおり、泣きじゃくる少女の口元には仄かに笑みが浮かんでいる。泣き笑いをするそんなふたりを見守ってやれるのは、とりあえず私だけだ。

（2・16・金）

私は立ち話だ。

魚を行商する娘と世一の母が降りしきる雪のなかで長々とつづける、とりとめもない立ち話だ。まだ街道の除雪が完全に終えていないために、バスの出発がだいぶ遅れていた。小やみなく降る雪は、ふたりの全身や前途までも白一色に塗り潰していった。娘が手にしている商売道具の風呂敷も白く、世一の母の鰈《かれい》の干物をおさめた買物籠も白く、やがて私までも白く変っていった。

厳父に育てられた娘は、その父が死んでから生活に張りを失い、母親は金儲け主義丸出しの新興宗教に凝り固まり、家運が傾き、長いこと辛苦を舐めてきた、とそう語る。片やもらい泣きをする世一の母のほうはというと、これまた愚痴には事欠かない。嫁ぐ前も、嫁いでからも、いいことなどひとつもなかった、と言い、「こんなもんよ、女なんてね」と言う。「そんなもんかしらね」と娘は言う。雪が強まってくる。バスはまだこない。

だからといって、ふたりがすっかり腹心を打ち明け合ったというわけではない。私はせいぜい、彼女たちにいくらかすっきりした気持ちで帰宅できる程度の力を与えたにすぎない。それでもそうした気分になることは、ふたりとも久しくなかったのだ。世一の母はまもなく丘が売れることを言わないし、娘は娘で、狂者扱いするしかない母親がまもなく死ぬであろうことを語らない。雪の奥から微かに暮鐘の音が届き、やがてバスが、まるで魔物のようにぬっと雪の奥から現われる。

(2・17・土)

(いずれも、丸山健二『千日の瑠璃』下)

散文詩の性格が『千日の瑠璃』のほとんどすべてだとおなじように、ここに引用したふたつの単節の記述の仕方、記述の抽象度は、この『千日の瑠璃』のほとんどすべての単節を貫いている。だから「事実」から投影された影を具象性として物語がわずかずつ進行しないわけではないが、スタティックで停滞感をまぬかれない。このスタティックな停滞感は記述の抽象性からくるのではなく、作者が物語性の進行と起伏にたいしてはじめから情欲をもたないところからきている。では千六百枚を費して作者は何をしたかったのか。わたしにはただ六百四十字でつくられた散文詩を一日一単節でつくりつづけ、それを集積してみたかったにちがいないとおもえる。そしてこの単節である散文詩には記述の仕方に定型というべきものがある。いつも「私は……だ。」というスタイルをとり、このばあい「……」にあたるところは「雪だるま」や「立ち話」だけではなく「観察」や「没頭」のような観念語の名詞も「香水」や「トランペット」も「軟風」や「蛾」であることもできる。そのため無生物も鳥も生物も擬人化されて口をきくことができるし、観念語やその他の抽象名詞も具象化され、ついには擬人化されたスタイルをもちうることになる。ある面では事象がどれもおなじ水準面で自在に振舞えるとともに、べつの面ではすべての事象はお伽話になっているのに、稚拙な初々しさや、活力に欠けてしまっている。肯定的な言い方をすれば、作者はたぶん『今昔物語』が「今は昔」で流布された昔語りの説話のスタイルをこしらえたように、あらゆる事象が「私は……だ」という主格でありうるスタイルが『千日の瑠璃』の幻想的な舞台である「まほろ町」や「うたかた湖」や「うつせみ山」や「あやまち川」や、そこに架かる「かえらず橋」からつくられた抽象的な地勢にかこまれてうごめく街人たちの演じる物語に対応するものだとかんがえたかった。そうだとしたら作者の執着する抽象的な地勢名に対応できる事象だけが主格でありうるようなスタイルに限定すべきだったとおもえる。わたしは改めて「まほろ町」あたりの山河を熊みたいな犬を連れて散歩したり観察したりして彷徨する小説書きが、どんな人物（として描かれている）か興味をそそられ、この大長篇をめくりかえすことになった。この作品に登場する小説書きの資質や理念が、この作品の性格を左右しているとおもえたからだ。とにかくわたしはこの『千日の瑠璃』という作品にかなり不服感をもっていることになる。

満天下に知られることなどまずあり得ない、まほろ町を執拗に凝視する小説家、そんな男に加えられる少年世一の観察だ。世一のいつになく鋭い視線は、相手の顔を三分の一と心の全部を隠す、きつい度が入った濃い色のサングラスをも貫いてしまう。それはもはや飄然ときて飄然と去る、麻痺した脳に支配された少年の、いつでも、誰にでも無視できるような弱々しい眼ざしではない。少なくとも投石以上の効果はある。その証拠に、私に気づいた相手は大いに面くらい、思わず浮き腰になる。暴漢にでも襲われたときのような顔だ。それでも私は付き纏い、接近し、僅か数十センチのところから、正面切って、自分では遠慮会釈なく他人を見るくせに少しでも見られることを嫌う男を見てやる。熊の仔に似た黒いむく犬までがたじたじとなり、吠えるのを忘れて、寸詰まりのその顔を伏せる。

男は、理念に反する火を焚いてしまった形跡がいくつも残っている胸のうちを覗きこまれたくなくて、半身に構え、弁解がましい言葉を並べ立てる。たとえば、仕事でなければ何を好んでするものか、などと言う。しかし私は、本当にそれだけの理由で他人の一切を見たがるのか、と迫り、もしかすると他人のなかの己れを捜して気休めにしているのではないか、と畳みこむ。ほとほと閉口した相手は、堪らなくなって犬といっしょに逃げ出す。私は追い討ちをかける。

「おまえは一体誰だ?」　（2・19・月）

（「私は観察だ。」）

これが「まほろ町」に住みついた小説書きについて作品のなかに記述された、たぶん要めだ。小説書きはいつも熊のようなむく犬をつれて、世一少年につかず離れずつきまとって、観察したり、「まほろ町」のすべての動きをメモしたりする。サングラスでじぶんの信念など捨ててしまったいまの心をかくしながら、無遠慮、不躾《ぶしつけ》に他人を観察しているのかもしれない。また社会からのはぐれ者かもしれないし、ひとりよがりの利己的な男かもしれない。またもしかすると他人のなかに同類のこころをみつけて気休めにしたいとおもっているうつけ者かもしれない。

作者によって自己解剖されたとみなしてよいこの「小説書き」の像は、およそこんなところでつくされている。ここからこの作家のどんな印象像が組み立てられるだろうか。まずわたしが言ってみたいことは、この作家が反現在的な詩人で、散文家ではないことだ。たとえば牧野信一は人間や人間の関係にはそれほどの関心はもたず、せいぜい分類の型紙さえあれば充分に間にあったのに、動物や、自然や、人間と自然の関係には異様なほど緻密で純粋な関心をいだいた本質的な詩人だった。それとおなじ意味でこの作家は他人にも自分にも通りいっぺんの関心しかもたないのに、自然や、生物や、ある度合で抽象化された生活の型や、地勢に異様な執着心をもった本質的な詩人だといえそうだ。散文的な構成力は人間や人間のあいだの関係にたいする重畳された好奇心やエロスとよく似ている。この作家がエロスを感じ執着するのは自然と自然との関係だけだとおもえる。その意味でいえばこの千六百枚の大長篇は、六百四十字の集合体ということと等価だと言って一向さしつかえない。わたしにはこの作家はどこかで、自己資質のイメージをずらしてしまっているとおもえる。言葉が結晶のようにきらめきたいのに、このずれのため焦点がくすんでしまっている。

もし村上龍の近作『イビサ』に、古井由吉や丸山健二と共通なものを探すとすれば、反時代的なお伽話性ということになるとおもえる。古井由吉の『楽天記』の連作のひとつひとつには、素材としてのお伽話性はない。だがヒトとヒトのあいだの微《かす》かになった現在の関係性を、原質的な、生理の動きが心理の動きであるような両棲類的なところに還元することで、緻密な粘りつく関係の説話にしている。いいかえれば登場するヒトを精神の両棲類に変えたお伽話にちがいないとおもえる。丸山健二の『千日の瑠璃』は意志と幻想を融け合わせることでつくられたお伽話だが、村上龍の『イビサ』はひと口に言ってしまえば、ポルノと暴力の世々につきない欲動からできあがった反現在的なお伽話だといっていいとおもう。むかしサド裁判で、わたしはサドの作品の本質を綺譚だと証言したことがあった。村上龍の『イビサ』はサドの『悪徳の栄え』を粉本にしてつくられた暴力ポルノ物語だといっていい。勤めの傍で新宿歌舞伎町の裏露路で、おそるおそる性器をひさいでいたクロサワ・マチコという、精神障害からいまも自我の輪郭がひろがったままの元OLの女性が、得体の知れない性戯に熟達した「先生」と称する客にさそわれてフランスへ渡り、イギリス人ブローカーのグループに出会い、レスビアンと乱交に眼ざめ、押しもおされもしない性の熟練者に変貌する。コンプレックスをいだくようになった「先生」を、仲間に殺させて、切り刻んでフォンテンブローの森に埋めてしまったあと、ひとかどの性戯の女王に成長したクロサワ・マチコが、性の遍歴の旅にでることになる。イギリス人ブローカーのグループ（男はジョンストンとコバヤシ、女はジルとラフォンス）たちとあらゆる性愛の饗宴をくりひろげながら、フランスからモロッコへ、カサブランカ、マラケシュへ、スペインのマドリッドからバルセロナへ、そこからイビサへというように、旅行案内記に記されているような国際観光地を股にかけた性の享楽の遍歴がはじまる。

わたしたちがサドの綺譚小説の影をつよく読みのなかに投影させれば、観光案内を片手にリゾートホテル、レストラン、歓楽地のショー、フェスティバルを渡りあるくだけで体験できそうな国際綺譚が、臆面もなく並べてある性のお伽話に出遇っていることになる。

だがこの作家に固有な工夫を読もうとすれば、欲望の蕩尽や快楽や飽満な喰い意地などを肯定的に享楽できる、わが国には稀な文学的な資質に出遇っていることになる。主人公のクロサワ・マチコは性の享楽者と熟達者に変貌するとともに、精神障害の閲歴と症候を自信あふれる超能力に変貌させる。いつでも好きなときジョエルという名の意志の分身霊を呼びだしてすがりつくことができるし、性的なエネルギーを直接に相手の脳波の働きに送り込んで、性の従属を操作したり、嫌悪にひるませたりできるようになる。

はじめの享楽の仲間たちのうちジョンストンとジルは性の倦怠のままに別れ、モロッコへはマチコとレスビアンのラフォンスがゆく。そしてふたりもまた歓楽のはてに自己倦怠にさらされて、孤独な自滅物語をたどることになる。マチコとラフォンスの終篇にちかい性の享楽の描写をひとつだけ挙げてみる。

わたしはカディーネの腋の汗を指ですくってラフォンスの口元に持っていき、硬い金色の産毛の生えた脚を割ってその間に小麦色の肌の少女を坐らせた。ラフォンスはアンモニアをかがされたボクサーのようにカクンと顔を上げて青い瞳を開き、米を食べてみがいた湿っぽい皮膚と、クスクスを食べてなめらかな乾いた皮膚をこすり、トレヴィアン、とつぶやき歯を震わせながら大声で笑った。

カディーネは舌を硬く丸め尖らせて這いつくばりラフォンスの股の中心にもぐり込んだ。ベッドランプのオレンジの灯りを反射して白い肉の隙間で目が光っている。挑戦的で危険な目だった。カディーネの細く締まった浅黒いからだと接しているとラフォンスもわたしもとてもいやらしく見える。乾燥した果物のように硬く丸められた円錐形の舌がラフォンスの金色の陰毛を湿らせながら掻き分けていってそれがまだクリトリスはおろか肌にも届いていないというのにラフォンスは足の指を反らせてうめき声を上げ始めた。這いつくばったカディーネの細い細い腰に手をかけてわたしはお尻を高く上げさせお尻の肉を左右に軽く拡げてそこの匂いをたっぷりと吸った。羊の肉の匂いは血液に混じったコークがつくる末梢神経の震えによくマッチした。驚いたことにカディーネは舌先でそっと周囲の皮膚を突いてラフォンスに恥ずかしい言葉を言わせながらわたしに向けてお尻を振り始めた。ベリーダンスを習っているのだろうか？　背の中心を動かさずに尻だけをゆっくりと回す、尻だけが意志を持っているように見える。カディーネの肌は昔中学で習った明度表で言えば五・五とか六くらい、焦げ茶色より明るく常緑樹の緑よりは暗い、お尻を振るうち汗が霧が付いたように微粒子となって背中のくぼみにたまり触れると冷たくてねっとりと重い感じがした。水着の跡のない黒い肌は裂け目からレバーのような赤い柔らかな粘膜をさらけ出してそこが内臓の端であることをわたしに改めて示した。ラフォンスは大きく拡げている両方のかかとでシーツに皺をつくりながら複式呼吸によるうめき声を上げ続け硬い乾燥果物と化したカディーネの舌がクリトリスに達したと思われた時歯茎がすべて露わになるほど唇をめくってオルガスムを訴えた。わたしは生レバーのようなヴァギナとともに舌先で転がされているであろうラフォンスの性器も見たくなりベッドランプの角度を変えた。凄惨な眺めだった。

（村上龍『イビサ』）

まだこのあと倍以上もつづくレズ行為の場面だが、げんみつない言い方をすれば、サドの『悪徳の栄え』のこんな場面の描写は、むきだしの機械的とでもいうような味もそっけもない性の綺譚がそのまま性についての思想だが、村上龍のこの種のポルノ場面は異常なことをやってみたい好奇心と愉しさの予感に彩色された性の幼童記にちかいお伽話にしかなっていない。女主人公マチコは結局おわりに、黒シャツの男に買われ、意識を失って船室にとじこめられ、両手両足を切断され、『パチャ』というディスコ・クラブの畸型の看板女になって暮すことになるのだが、この結末は残念ながら悲劇にも喜劇にもなりえていない。ただの畸型のお伽話というべき感性と雰囲気につつまれておわる。たぶん暴力ポルノ小説には帰属の理念と感性が必要なのだが、この作家は読者を愉しませることに熱中して、帰りを忘れてしまった児童に比喩される状態を実現したことになる。読者をゼロに近づけるためにはもっと苛酷な暴力ポルノ綺譚にするほかないとおもえる。

村上春樹『国境の南、太陽の西』

この本は、ハジメくんという名の「僕」が、子どものとき同じクラスの女生徒で、お互い気ごころが通い、一緒に本を読みあったり、レコードを聴いたりしてひそかにあこがれていた「島本さん」と、消息がわからなくなったあと何十年かして再会し、すばらしいセックスを交わしあう物語だ、「僕」は旧情の慕わしさが復活するあまり、平穏な家庭を放りだしても「島本さん」と一緒に暮らそうと決意して快美な一夜の性行為を交わすのだが、「島本さん」の一夜の失踪行為でだめになる。「僕」は家族を捨てると決心したことで、妻の「有紀子さん」や娘たちを傷つけたのを、すこしずつ癒しながら、じぶんを恢復させるところで物語は終る。軽やかで健康な抒情性をたたえたお話といえるだろう。

はじめから読んだ印象をつぎつぎ思いつくままいってしまえば、ふたつほど目立ったことがある。ひとつは、一人称の「僕」の記述スタイルで、登場人物も少ない単調な筋立てだから、もっと短く、せめて中篇くらいにすべきだということだ。長篇にするのなら物語の織り方をこまかくするのが当然だ。もうひとつは読者を当て込みすぎているようにみえる。極端に言ってしまえば、この長篇は「僕」と「島本さん」の性行為の場面を見せ場に、そこを読ませるため書かれたようなものだ。たしかに読者はなががと描かれた入魂の性交場面にひき込まれて読むにちがいない。「僕」と「島本さん」のこの性交場面は、『ダンス・ダンス・ダンス』でいえば、「僕」が体の力を抜いて目を閉じ、流れに身を委ねているだけで、これまでの生涯に経験したどんなセックスともちがった快美な体験をさせてくれたと書かれている高級コールガールの「メイ」との性交場面をじっさいに描写してみせたことになっている。いいかえればこの本『国境の南、太陽の西』は『ダンス・ダンス・ダンス』では示唆しただけだった「メイ」との快美な性行為の場面を「島本さん」との性交場面におきなおして描写してみせた作品だと言っていい。もっと言ってしまえば、それだけのために書かれた長篇だといっても、それほど誇張にはならない。村上春樹の作品に思い入れが深い読者をいくら想定しても、これではあんまり工夫がなさすぎるということになる。単線しか通っていない田舎の無人駅で、華麗な性行為の祝祭を描いてみせても、にわかに集まった観客には、あまりぴんとこないし、もしかするとちぐはぐで白けてしまうかもしれない。

なるほど、「島本さん」と中学校が離ればなれになって、だんだんと遠のいていった後、

「僕」は「イズミ」という女子高生の恋人をもったり、「イズミ」の従姉の女子大生と二ヶ月のあいだ「脳味噌が溶けてなくなるくらい激しくセックス」をしたりといった女性遍歴を経ている。そのあげく「イズミ」のこころを傷つけて神経をこわれさせてしまった。また理想的に好もしい女性「有紀子さん」と恋愛したあげく、結婚して二人の娘をもち、まずまず申し分のない家庭を営んでいる。

「僕」は社会的にいえば好みにあったバーの店を二軒もって、それを経営している。「島本さん」はそんな時期にバーにときどきやってくる客として「僕」と何十年ぶりに出会ったことになる。村上春樹の小説の主人公の特徴だといってもいいのだが、職業とか社会的地位といったものは、アルバイトのフリーライターだとか、バーの小経営者だとか、ありふれたものなのだが、その心の動かし方とか心ばえだとかは、なかなか非凡にできている。この作品『国境の南、太陽の西』でも同じだ。子どもとき好きだった同級生の「島本さん」と、女客と小経営者というかたちで再会したときの「僕」もなかなか非凡な心の動かし方をする。再会の「島本さん」は服装の好みもよく、ライト・ブルーのタートルネックのセーターに、紺色のスカートをはいて小さなイヤリングを光らせ、子どものときよりもっと美人になっている。子どものときは足がすこし悪くてひきずるように歩いていたのに、いまはなおっている。「島本さん」は、誰か金持ちの奥さんになっているのか、高級コールガールのようなことをしているのか、すこし謎めいて描かれている。そしてバーの主人である「僕」に「ねえハジメくん、どうしてここのお店のカクテルはどれを飲んでも他のお店のよりおいしいのかしら?」などと訊ねる。「僕」はそれなりに努力をはらっているからだといって、理由を説明したりする。これは何でもないようにみえてこの作品をささえている柱のひとつだし、もしかすると作者村上春樹の文学観や才能観の反映かもしれない。すこしくわしくたどってみるべきともおもえる。

「僕」は「島本さん」に氷をわっている若いハンサムなバーテンダーをさして、かれにとても高い給料を払っている、それはかれが美味いカクテルを作る才能があるからだと説明する。才能なしに美味いカクテルを作ることはできない。世間の人にはそれがよくわかっていない。「僕」はもっとさきまで言う。訓練すれば誰でもいいところまでゆく。たいていの店のカクテルはその程度の味だ。でもそのさきにいくには特別な才能がいる。「同じ酒を入れて、同じように同じ時間だけシェーカーを振っても、できたものの味が違うんだ。どうしてかはわからない。それは才能というしかないものなんだよ。芸術と同じなんだよ。そこには一本の線があって、それを越えることのできる人間と、越えることのできない人間とがいる。だから一度才能のある人間をみつけたら、大事にして離さないようにする」。

「僕」は「島本さん」にそう説明する。

わたしはこの「僕」みたいなひとかどのことを言ってみせるバーの経営者にお目にかかったことはない。ときどき懐石料理など商っている日本料理のしにせの主人などで、こんな講釈をしてみせるのがいるにはいる。また同じ酒を入れて、同じように同じ時間だけシェーカーを振っても、できたものの味が格別にちがうような料理人やバーテンダーなどがいるともおもえない。だからこそそこの個所は、作者の才能観や芸術観の本音を入れ込んだ大切な個所だとおもえる。この会話のちょっとまえの個所で「僕」は「島本さん」に「つまらない本を読むと、時間を無駄に費やしてしまったような気がするんだ。そしてすごくがっかりする」と語ったりしている。わたしはこんな才能観や芸術観や読書観を読むとげっそりする。この「僕」はかえりみてほかを言っているようにおもえるからだ。専念する手仕事には才能なんて存在しない。同じ酒を入れて、同じように同じ時間だけシェーカーを振れば同じカクテルができる。また受け味がちがうことがあったって誤差の範囲内で、才能などとかかわりがない。わたしが作品のなかの「僕」だったらそう言うにちがいない。作者が通俗的だとは言わないがこの「僕」は甘味が強すぎる。

もうひとつ、この作品で大切な個所がある。やはり「僕」と「島本さん」の会話のなかでこの本の表題にもなっている「国境の南、太陽の西」について語りあうところだ。「国境の南」というのは子どものとき「僕」と同級生の「島本さん」が好きで聴いたナット・

キング・コールの曲の名だ。「島本さん」はそれにくっつけた「太陽の西」の意味を語ってきかせる。シベリアの農夫はシベリア病というのにかかることがある。毎日、毎季節、ひろい果てしない広野で耕す生活をつづけているうちに、農夫はときとして神経を虚無のため切らしてあてどなく太陽の西にむかってさ迷いあるき、そのまま助からずに倒れて死んでしまうことがある。どこかで農夫を正気に戻してくれるような住家や人に出会うことはない。勤勉に生涯くりかえされる単調な農夫の生活に耐えるか、それとも行き倒れて死ぬまでさ迷いつづけるほかはない。それがシベリア病だと「島本さん」は説明する。たぶん、「島本さん」は「僕」とのあいだを好意をもちあった何十年後の再会にとどめておくかぎり、「僕」の家庭が破られてしまうこともないし、身をこがしあって死んでしまうことにもならないだろうが、恋を燃えあがらせ、それをつきつめてゆけば、シベリアの農夫のようにお互いに死に至るまでゆくよりほかなくなってゆくという暗喩を「太陽の西」という言葉であらわしたかった。そして作者にとってもそれがこの本の長篇のモチーフなのだ。「僕」は「島本さん」の暗示をかぶるように、妻と二人の娘のいるいまの家庭を大事にしているが、それだけでは足りない。じぶんには何かが欠けているので、家庭を捨ててでも「島本さん」の閲歴の謎をはっきりつかみ、「島本さん」の全部をじぶんのものにし、じぶんの全部を「島本さん」にやってしまう、そんな生活に入りたいと「島本さん」に訴える。

僕という人間には、僕の人生には、何かがぽっかりと欠けているんだ。失われてしまっているんだよ。そしてその部分はいつも飢えて、乾いているんだ。その部分を埋めることは女房にもできないし、子供たちにもできない。それができるのはこの世界に君一人しかいないんだ。君といると、僕はその部分が満たされていくのを感じるんだ。

これは「僕」が「島本さん」に何でも捨てるから一緒になろうと訴える言葉の一部分だ。作品のなかで「島本さん」の子どものとき別れてからあと再会までの閲歴は故意に書かれずに隠されている。描写された感覚のさわりからいえば、とうていまともな家庭や家族がいるように描かれていない。誰かと隠された愛人生活をしているとか、高級コールガールのような生き方をしているようにおもえる。つまり『ダンス・ダンス・ダンス』の高級コールガール「メイ」の分身だという暗示が込められている。でも読む方からすればけっして腑におちるものとは言えない。またこんなことをいう「僕」も、それから二度とどこかへ行ってほしくないというなら私と私の抱え込んでいるもの全部を取らなくてはいけないと言いだす「島本さん」も、唐突でいい気なものだとしか言えないように描かれている。

「僕」と「島本さん」の性行為の描写にしかクライマックスの場面がなくて、一冊の長篇小説をつくってしまうのも無理だし、この文明成熟の晩期に「島本さん」の現在の素性を謎めかして語らせなかったりしたまま、「僕」が全部を捨てても一緒になろうというほど「島本さん」に思い入れる描写も無理だ。この無理が通せるとしたらたったひとつの理由しかない。作者がじぶんの愛読者が善意な読み方をしてくれることを当てにし、その当てにむかって作品を書いているということだ。これは興味ぶかい芸としての仕草だ。ふつう作家が失敗作を書いたとき、その失敗はこちこちに固くなったところであらわれるはずだ。この作者はちょっと気分を酩酊させたところでこの失敗作『国境の南、太陽の西』を書いている。わたしはお巡りでもなければ文壇批評の専門家でもないから、一度くらい酔っぱらい運転をしたからといって、目くじらをたてる必要もないわけだ。だが阿呆な文壇批評家や、この社会が大学の傘の下に入ってでもいるかのように錯覚した、ガキのような大学教師の批評から、この作家の作品を擁護してきたものにとっては、どうかんがえてもこんな失敗の仕方はすべきでないという失敗をやっているのが、歯がゆい感じがする。読者を軽く甘くみたために起る失敗といえるからだ。

だがわたしがこんな因縁《いちゃもん》をつけているあいだにこの作品の存在理由である「僕」と「島本さん」の性行為の場面がはじまりかけている。「僕」も「島本さん」もすべてを捨てて一緒に暮らすという了解が成り立ったからだ。まず「島本さん」がじぶんが着服のまま、「僕」を脱がせて、「僕」の乳首をながい時間をかけて舐め、陰毛を撫で、「僕」の臍に耳をつけ、睾丸を口にふくみ、体じゅうにキスし、足の裏までキスすることから、「僕」にとって快美きわまるクライマックスの性行為がはじめられる。

だが翌朝「僕」が眼をさましたとき、「島本さん」は姿を消している。読者のほうは「島本さん」が「僕」の平穏な妻と娘たちとの家庭をこわすに忍びなくなって、これからずっと姿を消したのだとかんがえるのがかんがえ易い。作者の描写がそう暗示しているとおもえるからだ。それはこの作家の力量のほどをうかがわせるものだ。あとは「僕」と傷つけられた妻とのあいだに和解がすこしずつすすみ、関係が恢復されてゆく日常の生活の過程がこの作品に持続感を与えているばかりだ。因果なことだがこの作家は、こんどはどんな作品を書くかなと読者に期待感をもたせる数少ない現存作家の道のりを、これからも歩むことになる。

「現在」を感じる

わたしは「現代」からことさら「現在」を際立たせたいときは、「現在」を、国民の平均所得の半分以上が消費支出になってしまった以後とかんがえることにしている。ちょっと見には何でもないこの区別は、じつはいま波乱万丈の非文学的な物語を生みだしている。不況、コメ騒動、政変劇その他、数えきれない現在の物語はここから発している気がする。

そんなところからみて若い世代の文学の旗手、村上龍の『五分後の世界』と村上春樹の『ねじまき鳥クロニクル』（1・2）は、じつに興味深かった。ここで両村上の作品のなかに「現在」がどう描かれているか言ってみよう。

村上龍の『五分後の世界』では、日本は米、英、ソ連、中国に分割占有されている。日本は長野の旧地下道から発展させた地下迷路に司令部をおき、アメリカを中心とする国連軍と太平洋戦争の終結以後、ゲリラ戦でいまも戦いつづけている。生きのびていくのに必要なのは、食糧と空気と水と武器のほかに「勇気とプライド」だというのが国是になっている。アインシュタイン博士ら国際視察団に「いかなる意味の差別もない国はアンダーグラウンドの日本だけである」と言わしめた。

地下日本はエレクトロニクス製品とゲリラ部隊を輸出して、大国の干渉に苦しむ世界の小国に喜ばれている。この作品の背景は、太平洋戦争で敗れて占領されたのにめげず、国民ゲリラ兵士、準国民の資格をえたい混血兵士、敗戦と占領を認めた非国民村落などに分かれて、国連軍と戦争を継続している地下ゲリラ国の日本ということになっている。

そして主人公・小田桐はいつのまにか、混血部隊のなかで眼をさまし、戦闘に出あい、ひとりでに銃を撃ちあい、すさまじい肉塊がとび散る戦闘場面を体験する。家郷に近い地上に復員するまでの小田桐たちの肉体と精神の凄惨《せいさん》な体験の描写が、作品のすべてになっている。

かわぐちかいじの劇画『沈黙の艦隊』の海江田四郎が自主独立して、原潜一隻でアメリカ海軍、ソ連海軍、自衛隊の艦艇をたたきのめして降伏しない物語になっているのとおなじように、劇画仕立てでゲリラ戦闘場面の如実さ、凄惨さを体験する主人公・小田桐を、いささか劇画すぎる、だが達者な遠近法で本格的に描写している。そこが、作者の背景設定のなかの理念といっしょに、この作品の骨格になっている。作者はたぶん、冗談めかしてせせら笑う読者には本気だぞと言いたいわけだし、まじめに戦争やってみたいなどとおもう読者には冗談のわからねえやつだと言いたいにちがない。

村上春樹『ねじまき鳥クロニクル』のなかにある「現在」とは何だろうか。かいつまんだ言い方をすると『ノルウェイの森』や『ダンス・ダンス・ダンス』のような七〇年代から八〇年代前半の都市感覚と、まったく新しいオカルト感覚との不均質な混合のような気がする。主人公の「僕」は失業者だが、細君のクミコがよい収入で働いているため、昼間は優雅な時間をもち、炊事や洗濯、掃除のほかに、恋愛もできるようになっている。じぶんで簡単な料理を手早くこなす。パンを食べるが、おコメは食べない。独身の優雅さではないが、妻帯者の優雅さを保っている。この感性は村上作品に親しいものだ。

この主人公の身辺が、猫の失踪とともに泡立ちはじめる。はじめは謎の女から電話がきて、テレホンセックスを仕掛けられる。つぎに猫の失踪路にあたる家に独りで住んでいる娘につきまとわれる。第三番目にオカルト姉妹が、猫の失踪と細君のかくれた浮気をめぐってまつわってくる。感覚的にいうと『ノルウェイの森』や『ダンス・ダンス・ダンス』をすこしだけいまのオカルト風俗の方に延長したところで、作品は成り立っている。とても力作だが、「現在」の急流にたいする感受性が不足だとおもえる。だが無意識の部分では泡立つ情意が描かれているというべきだ。

主人公のところにやってきた間宮中尉の語るノモンハン事件は、村上龍の『五分後の世界』に匹敵する凄惨さをたたえた戦闘場面を、如実に、そして迫力ある描写でやっている。これは作品全体の重さを左右するほどだ。山本という情報将校が、ソ連や外蒙古の将兵に捕らえられて、生きながら皮膚をはがされて殺されてゆく場面など鬼気迫ってくる。また間宮中尉が古井戸に投げこまれて自然死にさらされる場面は、主人公の「僕」が古井戸にこもって、猫の家の娘にフタをしめられてしまう場面に再現される。わたしにはこのノモンハン事件の如実な、迫力ある描写を挿入したところに、村上龍とおなじ「現在」を感じる。

この世代の優れた文学の旗手の、「現在」の政治や社会を覆ううそっぽい皮膜をどこかで破りたいという願望が、戦闘場面への過剰な固執の仕方としてあらわれているのではないだろうか。

村上春樹『ねじまき鳥クロニクル』第1部・第2部

作者がねじまき鳥といっているのは、季節になると群をなして飛んできて、樹の枝を渡りあるきながら、ギイギイギイという鳴き方をする尾長のことみたいな気がする。だが作者にとっては混沌として行方を知らないこのいまの世界に、ギイギイとねじを巻いている鳥を象徴する。また作中に登場し主人公「僕」（オカダ・トオル）にからんできて、カツラを作る会社のアルバイトに誘って、銀座の真ん中で、通行するハゲ頭を松・竹・梅の三つにわけて、ハゲ具合をしらべる仕事をしている笠原メイにとっては、主人公の「僕」の仇名が「ねじまき鳥さん」なのだ。

こんなところからいって『ねじまき鳥クロニクル』というこの本の題名は、主人公「僕」の私的な年代記だという意味と、ときどき何かによってねじを巻かれないと混沌に向かって拡散してしまういまのこの世界という意味とが、二重にふくまれているのかもしれない。『ノルウェイの森』や『ダンス・ダンス・ダンス』の世界に馴染んでいる読者は大勢いるわけだが、そういう読者にはこたえられない魅力ある力作だとおもう。また飽きっぽい読者からすれば、またかといえないこともない気がする。

　わたし自身の読後感をいうと、この作家は現役の作家のなかでは、頭ひとつ抜いたなと感じた。ただいつも成功作ほどそうおもえるが、作品の世界があまり自足している（自分だけで充たされている）ので、批評すると馬鹿をみる気がして、筆がすすまない。こういう作品の書き方がふさわしいのは、古今東西に類のないほどの名作か、それとも独りよがりの凡作しかないのだが、この本の作品は、そのどちらでもない。それなら批評などせずに放っておけばいいじゃないか、いい作品のないいまの世界文学のなかでは、だまっていてもたくさん読まれるにきまっている。そうおもうのだが、ほかのつまらない作品を批評しているくせに、この作品にふれないのは不公平な気がする。批評するものの全力能をかけてというのでもなく、いい加減でもなくという匙加減が、村上春樹の世界を評価するばあいの難しさだ。

　いままでの春樹作品の主脈と違うところを、はじめにいくつか挙げてみる。

　第一に、主人公「僕」が、いままでの優雅なくらしの独身の三十代と違って、妻帯して家庭をもっているのだが、目下失職中のため職場かよいの妻クミコに代って、炊事当番を引き受けながら家にいて、妻の留守ちゅうに優雅な時間ももっている。これはうわべだけでなく、はじめて「僕」は季節の変り目に冬はコートをとり出し、夏はサンダルを出してきてというだけの独身時代の周期のほかに、女性が月ごとに生理の周期のために、その直前には何となく不安で変りやすい精神の苛立たしい感じになるといった繰り返しの周期があることにも、対応しなくてはならないことを実感するようになっている。

第二に、加納マルタと妹クレタという飲み水から健康をいいあてる超能力をもったカウンセラーの姉妹が登場し、主人公の「僕」や妻の行動や心の動きをいいあてたり、カウンセリングしたりする。わたしには作者の風俗の変化にたいする鋭敏さを象徴しているようにおもえる。

第三に、「僕」は神がかりの老人本田と知り合い、本田老人が死んだ知らせとともに、ノモンハン事件のとき本田の戦友だったという間宮徳太郎（元中尉）の訪問を受け、本田の形見わけの品を受けとったついでに、ハルハ河を隔てたソ満国境での戦争場面の回顧談を聞くことになる。これは迫力のある長い戦場談なのだが、かつて村上春樹の作品にはあらわれたことがないものだ。なかでも凄まじいのは、山本という情報将校の護衛を命じられた本田と間宮ともう一人浜野という兵士が、ハルハ河を越境してソ連軍の情報書類を持ちだし帰還する途中で、ソ連将校に統率された外蒙軍の将兵にばれて、本田や間宮たちが隠れている眼の前で、山本が手足をくくられて生きながら牧畜用のナイフで皮を剝がされていく場面だ。間宮元中尉の戦争回顧談は、この作品の本筋を歪めてしまうほどの重さで長々と記述される。わたしは、不必要なほどの重さで描かれたこの戦争場面で、村上春樹の現在にたいする変貌した認知を感じた。作者は現在の風俗情況にたいする苛立ちを間宮元中尉の凄まじい戦争談で吐き出したかったのだとおもえる。とくにソ連、外蒙古将兵の残虐行為の場面を仮借なく描くことで、戦後の知識がタブーとしたものに挑みたかったとみられなくはない。

おおよそいままで述べた三つは、村上春樹作品にはこれまでなかった。これを『ダンス・ダンス・ダンス』までにはなかったこの本の作品の特徴とみていいとおもう。

あとは春樹作品によく馴染んだ世界で、『ノルウェイの森』や『ダンス・ダンス・ダンス』が好きだとすれば、スムーズに溶け込み、ひとつのリズムで流露してゆくことができる。

まず綿谷ノボル（主人公の妻クミコの兄にあたる嫌らしい出世自慢の男）という名の「僕」の猫が失踪する。これが『ねじまき鳥クロニクル』の物語としての発端になっている。猫の失踪の意味は、超能力のカウンセラー加納マルタと「僕」によって、それぞれの意味づけが与えられている。

「岡田様」と加納マルタは言った。「あなたの身にはこれからしばらくのあいだにいろんなことが起こることになると思います。猫のことはおそらくその始まりに過ぎません」

僕の人生は間違いなく奇妙な方向に向かっている。猫が逃げた。変な女からわけのわからない電話がかかってきた。不思議な女の子と知り合って、路地の空き家に出入りするようになった。綿谷ノボルが加納クレタを犯した。加納マルタがネクタイの出現を予言した。妻は僕にもう仕事をしなくてもいいと言った。

わたしは、主人公「僕」と超能力カウンセラーの要約をなぞれば、この作品を批評したことになりそうだ。つまり「奇妙な方向に向かっている」という「僕」の言葉の「奇妙な方向」が、この作品の物語になっているのだ。失業中の「僕」は猫の通り路にあたる空家みたいなところで、独り住んでいる笠原メイに出あう。メイはカツラ会社でハゲ頭を勘定して等級をつけるアルバイトをやりながら、「僕」に交渉を仕掛けてくる。二人でハゲ頭の勘定に銀座に一時から四時まで立ったりする。また超能力カウンセラー加納マルタから妹の加納クレタに会うよう指定されてこの妹クレタとも性的な交渉をもつようになる。クレタはじぶんの身体があらゆる痛み（頭痛から生理痛まで）にたいして過敏で、耐えきれずに自殺しようとした話をする。兄の車を借りて、多摩川沿いの家の壁に一五〇キロのスピードでぶつかったのに、肋骨一本が折れただけで、助かってしまう。そのあとまた十五階の大学の本部ビルからとび下りて死のうとおもうが、何かがおしとどめる。自動車をぶつけたあと死にそこなってみて、じぶんの痛みが、すべてなくなっていることに気がついたからだ。

一方で「僕」に電話をかけてきて、しきりに性的な挑発を仕掛けるのだが、正体をあかさない謎の女は、妻のクミコだということがわかる。主夫になって夕食の炊事をやり、おかずをつくり、ときには笠原メイや加納クレタと浮気をしながらも待っている「僕」の日常生活に逆らうように、夜勤でおそくなったという口実を使うクミコが、じつはほかに好きな男ができて性的な交渉に熱中していることがわかる。クミコは離婚届に印を押してくれるように依頼し、「僕」以外の男に惹かれ、性的な関係を結び、家をあけるほどになった理由を説明する。じぶんは「僕」と性行為をしていて、ほんとに快感を感じたことは一度もない。だが確かに「僕」をいい人だとおもい愛していた。家の外の職場で出あった男は、何よりも性交行為で、いままで体験したことのない快感を与えられた。それでどうしても離れることができない破目になった。だがその男から結婚して一緒に住もうと云われるようになったとき、なぜか性交行為での快感を与えてくれるということがむなしく感じられて、男とも別れる決心がついた。「僕」から離婚の承認をもらって、独りでやって行きたいという意向がクミコから伝えられる。

あとは終末のカタストロフィの描き方だけがのこる。加納クレタから「僕」は一緒にクレタ島へ行かないかと誘われる。クレタにとっては姉の超能力カウンセリングを手伝うための心気の更新を目指す旅になる。「僕」はクミコと別れることになって一緒に行きたいという気になるが、やっと思いとどまる。笠原メイからは学校へ戻って勉強し直したい心境を告げられる。さよなら、ねじまき鳥さん、どうして、クレタ島に行かなかったのだと聞かれて、「僕」は「賭ける側を選ばないからだよ」と答える。「僕」はあとにならなくても「待つべきときには待たねばならん」という本田さんの言葉を信ずる気になっている。

どれだけ死力を尽くしたところで、既にすべては取り返しがつかないまでに損なわれてしまったあとかもしれない。僕はただ廃墟の灰を虚しくすくっているだけで、それに気がついていないのは僕ひとりかもしれない。僕の側に賭ける人間はこのあたりには誰もいないかもしれない。「かまわない」と僕は小さな、きっぱりとした声で、そこにいる誰かに向かって言った。「これだけは言える。少なくとも僕には待つべきものがあり、探し求めるべきものがある」

「僕」が待つとか探し求めるとかいっているのは失踪した妻・クミコのことかもしれないし、ねじまき鳥がギイギイねじをまくたびに悪くなっているようにみえるこの世界のことかもしれない。

『ねじまき鳥クロニクル』という作品の勘どころはどこにあるか。わたしが押さえたい第一のことは、『ダンス・ダンス・ダンス』からあとの風俗と諸制度の急流の変化と、わたしが冒頭に挙げたような、この急流の変化にたいする作者の反応を象徴している個所とが、どれだけ対応しているか、どれだけその対応が感性や作品の理念や繊細な描写の変化が正確なものかということにあるとおもえる。そこに作者の時代や風俗の変化にたいする認識の強度があらわれるだろうからだ。わたしの率直な感じをいえば、作品の細部にあたる挿話のサスペンスの作り方が、『ノルウェイの森』や『ダンス・ダンス・ダンス』と同質だということが、何となく浮かない感じになる。風俗のなかの迷路と謎が感覚的にすこし違うような気がする。だからこの間の変化の急流がうまくつかめていないようにおもえる。これと逆にこの作品の物語の流れからすれば間接的でしかない間宮元中尉の戦争談が、長々と迫真力を込めて描かれているところに、作者のこの日本の風俗や社会にたいする過剰な苛立ちを感じる。それと一緒に、もしかするとノモンハン事件を舞台にソ連・外蒙兵の残虐行為を細密に描くことで、わが国の知的な風俗のタブーをやぶって、解体してみせたかったのかもしれない。文学作品は意味論としては何も語らないで、腹話術のようにたくさんのことを語れる器だといっていい。わたしはこの作家はまだやれるとおもった。その条件は創造のモチーフに含まれている〈自足〉をやぶることで、言葉の無意識の井戸に、重鉛を下ろすことだとおもえる。

村上春樹『ねじまき鳥クロニクル』第3部

『ねじまき鳥クロニクル』の特徴は、まるで地雷のように謎を仕掛けてゆくことだ。そうとすると、この第三巻は、地面に埋まった謎を元の場所から掘りだして、ひとつずつ火薬を抜いてゆく巻だといえる。新しい謎めいたことが、この巻でもないことはない。作品の入口のところで、主人公の「ねじまき鳥さん」が、いつもの潜んでいる井戸から出てきたとき、いままでなかった青いあざが、顔の右側についている。もうひとつ〈赤坂ナツメグ〉という服飾デザイナーの女性と、その息子のシナモンという口をきかない青年が、いきなり登場して、この第三巻を主人公と一緒に大車輪でまわす。またなぜかナツメグの父の獣医が、青いあざを主人公とおなじところにもっていて、この第三巻の背景として大切な、満洲国新京の動物園の猛獣射殺と中国人の処刑事件に登場する。あとは家出して行方不明になったままの主人公の妻クミコさんがどこで何をして、どうなったのかまで、一路謎を解く話になっている。

この『ねじまき鳥クロニクル』の第三巻目は全体的な印象でいえば、親切きわまりない「解決篇」ということだとおもう。ほら、よくあるじゃないですか。登場人物Aはどうなったかというと、じぶんたち姉妹を汚した兄綿谷ノボルの生命維持装置のプラグを抜いて殺し、刑に服することになった妹（クミコ）と、家出して行方不明になったそのクミコを探しつづけていた夫とが結ばれると予想できそうなところでおわる。登場人物Bはじぶんの妹たちを汚した罪悪をかくしながら政治家になり、新進のすぐれた才幹の人物と世間からいわれるほどにのし上がった。そして政見演説の会で脳卒中で倒れて、意識不明のまま、病院に担ぎこまれる。その綿谷ノボルは、じぶんの汚した妹のひとり（クミコ）から、生命維持装置を外され死に到ったという次第だ。物語の解決篇はすべてこんな具合に登場人物の結末が並列に語られて、何はともあれ目出たしということになるのが、定型だ。この第三巻は定型どおりだといっていい。わたしにはこの第三巻は親切すぎて蛇足に近いとおもわれた。そう思う理由を二つだけ挙げてみる。

第一にいうべきことは、作品の形式上のことだ。この第三巻は、「笠原メイの視点」ということで、笠原メイから主人公「ねじまき鳥さん」にあてた書簡形式の章が、七つほどある。また「赤坂ナツメグ」が語った形で、ナツメグの父（獣医）が、戦時中、ソ連の満洲侵攻の直前に、新京動物園の猛獣を射殺する場面に立ちあう挿話や、そういった類似の小物語が挿入された章がいくつかある。本来は、主人公「ねじまき鳥」が「僕」という一人称で物語が展開してきたのに、この第三巻に到って、章によって転々と主格が変り、その都度、あれ、この文章は誰（何）が主体になっているのかと確かめなければならなくなる。そういわなくても、主格の変転は、読む者に散漫な印象を強いる。そのうえ作品が通俗化された印象も加わってくる。持続する「僕」を主人公とする作品が、統御するはずの「僕」の集中力が失われたために、章が変ると主格も変る形式をとった安易な遣り方と受けとられてしまう。そうでないためには、章によって主格を変えるばあい、終った章とその次にくる章のはじめとの間に、必然性の印象を与えるような形式上の工夫が必要になるはずだ。わたしにはこの第三巻は、作者がもう「僕」の集中力を解き放って、深い安堵のと息を吐き出したあとに書かれているようにおもわれてならなかった。

もうひとつは文体のリズムの弛緩ともいうべきものだ。わたしは近年の村上春樹の作品の半分の魅力は、文体のリズムがそれ自体でもっている詩的な語りの流露のこころよさにあるとおもってきた。だがこの第三巻は主格の転変がこのリズムを分断してしまっていることと相俟って、テンポが大幅に弛緩しているとおもえた。この二つの理由で、作品の流れに乗って夢中になるのが、不可能に近くなっている気がした。では物語の筋としてはどうか。

読んでいて物語としてここは展開があると感じたところは二個所しかなかった。ひとつは、「僕」とナツメグの父の獣医とを重ね合わせる工夫をしているところだ。

①顔の右側に青いあざをもっている共通点。

②「僕」が野球バットをもって井戸の底に入る行為と、猛獣を殺す指揮をとっていた中尉が、上官からの命令で、部下に野球バットで中国人を打殺し、穴に埋めることを指示する。その野球バットの共通性。

③「僕」のいる場面での「ねじまき鳥」の鳴き声とおなじ「ねじまき鳥」の声が満洲国の新京動物園の猛獣殺害の場面でも聴こえること。

④猛獣殺害の兵士たちを指揮する中尉が、前巻の間宮中尉とそっくりの風貌をもっているように設定されていること。

この重ね合わせの設定によって「僕」やナツメグやシナモンを登場人物として展開される日本での物語と、ナツメグの父（シナモンの祖父）の獣医の、猛獣射殺や、中国人の野球バットによる殺害を指揮する中尉の残虐行為とが二重映しになり、間宮中尉のノモンハン事件における蒙古兵の皮剝ぎ体験と、連結されることになる。これは第三巻の満洲国新京動物園で起った日本人の残虐行為が、前巻の間宮中尉が体験したソ連蒙古兵の残虐行為に劣らない重さで描写されていることと相俟って、この第三巻の物語の幅を飛躍的にひろげている。

もうひとつの物語的な工夫は、第三巻の終りに近い個所で、「僕」がいつも下りてゆく井戸の底から野球バットが消えている、という設定の個所にある。そしてこの井戸の底から壁を外にぬけることができることが、はじめて明かされる。そして井戸を抜けると、まえのホテルの部屋のなかに出られる。それは奇妙な幻覚とも夢ともつかない世界になっている。そこで「僕」は人々がテレビを視ているところに近づく。テレビは綿谷ノボルが「僕」そっくりの男から、野球バットで打たれて、重傷のまま病院へ運ばれる場面が映っている。「僕」が茫然としていると、テレビを視ていた人々は「僕」とテレビに映っている犯人との顔やあざをみくらべて、逃げようとする「僕」を追いかけはじめる。「僕」は綿谷ノボルを殺していないのに、分身のやった幻想とも事実ともつかない行為のために逃亡する破目になる。

この「僕」の分身の行為がテレビの映像を介して「僕」に視えるという第二の設定から、物語は終局へ向って展開されることになる。ほんとうはこのテレビ映像は幻覚や夢に類するもので、綿谷ノボルは政見の演説会で脳卒中で倒れて意識不明のまま病院に運ばれ、「僕」の行方不明の妻クミコによって、クミコ姉妹をともに汚した兄綿谷ノボルは、生命維持装置のプラグを外されて死ぬことになり、物語は急速に終局までたどりつくことになる。

この作品は、さまざまな挿話が複雑に工夫されて挿められているのに、単調な感じがして仕方がないという感想を禁じえない。それは物語を展開するための工夫が、いま挙げた二つしかないからだとおもえる。そしてこのことは、第三巻の解決篇はなくてよかったのではないかという見解につながっていく。物語は文学作品のなかで必ずしも解決篇を必要としない。作者が謎と未知を創り出すのはいいとして、べつに解決を創り出すことに意味があるわけではない。読者は解決する物語が欲しいのではなく、有無をいわせず好奇心や判断力を集約させ、充たしてもらえる読みの体験が欲しいだけだ。

わたしはこの第三巻でわたしたち読者の好奇心や判断力を充たしてくれるのは、リズムの流れや物語性よりも、比喩の工夫にあるのではないかとおもえた。これは嫌味ではなく、この第三巻で本気に感心したのは、そこだった。

(1)彼は自分の上着の内側のポケットから真白な封筒を取りだし、ぴったりとした形容詞を文章に入れるみたいに、それを僕のスタジアム・ジャンパーの内側のポケットに滑り込ませた。

(2)私の両親は二人あわせて雨蛙一匹くらいの想像力しかない人たちだけれど、

(3)僕とその場所を隔てている壁が少しずつゼリーのように柔らかく溶解していくのがわかる。
(4)時代物のエンジンが主人に蹴飛ばされた犬のようにストロークの長い音を立てて動き始めた。
(5)できそこないのエクトプラズマのように不思議な柄の入ったネクタイは、
(6)まわりの人たちは材木みたいにぐっすりと眠っています。
(7)実を言うと私にとって眠れない夜はベレー帽の似合うおスモウ取りくらいに珍しいのです。
(8)彼は沈黙しているわ。海の底の大きな牡蠣みたいにね。
(9)テニスのサーブをするときのように、僕は静かに息を整え、それからキーボードに両手を載せる。

まだたくさんある。いちばんはじめに冒頭に近いところで、「二、三回雨が降ったらもう忘れちゃうような名前」という直喩の言いまわしに感心したので、すこし拾いあげてみた。どれもたいへんイメージの沸く直喩で、申し分なくいい気がする。だが逆の言い方をすると、これらの直喩の表現に、この作品のリズムの流れが集中されていて、そのためにほかの流れの弛緩がことさら目立っているともいえる。わたしは暗喩の表現がなかなか見当らず、直喩だけがこんなふうにちりばめられているところに、この作品の性格は象徴されているように感じた。このばあい直喩は流れを遅くしたり、停滞させたりしながらも、イメージをふくらませている。これは第三巻の特徴だともいえるが、流れも速くイメージもいっしょに強めようとすれば暗喩を重用するより仕方がない。しかしこの作品はかなり無理をしてこしらえた解決篇のような気がする。別の言葉でいえばリズムの流れからすれば解決よりもイメージの流露をはやめて強化しなければならないのに、意味の流れからは、それほど速度の感じを強めることができず、もしかするとそこが不本意のままだという矛盾をかかえているようにおもわれた。

形而上学的ウイルスの文学
——村上龍『ヒュウガ・ウイルス』——

この作品は『五分後の世界』の続篇になっている。書評したことがある（本書収録「『現在』を感じる」を指す——編集部註）から『五分後の世界』のモチーフを記憶している。ひと口に日本が太平洋戦争の末期に降伏せずに、本土決戦を挑んで徹底的に戦っていたらどうだったろうかと言うものだ。原爆は広島、長崎のあとに小倉、新潟、舞鶴に落され、日本列島は焦土と化し、連合軍の占領下におかれる。北海道と東北は旧ソ連の統治をうけ、四国はイギリス、西九州は中国が統治し、それ以外の本土と九州はアメリカの支配下におかれる。ビルマ、ニューギニアから帰還した旧将校を中心に日本国の地下（UG）軍が結成され、地下数百メートルに縦横に地下道を設けて人口二十六万人の日本国が建設される。国連軍とは地上でゲリラ戦を繰り返している。また要請をうけて国外でも戦闘軍団として働いている。この地下日本国は戦闘国家でありながら、平等が実現され、高度な文化、芸術、科学をもった理想国になっている。またこの地下日本国が開発した『向現』は、副作用のない向精神薬として世界中に珍重されている。降伏した日本人は地上に非国民部落をつくり、旧都市のまわりに居住している。生れた混血児たちは、おなじように国連軍の周辺に混血部落をつくって、混乱、廃墟、暴動など繰返しながら占領区にうごめいている。これが『五分後の世界』の物語をつくっている配置で、この『ヒュウガ・ウイルス』の前提になっている。

太平洋戦争の末期に無条件降伏せずに徹底抗戦したら？　という思いは、肯定にしろ否定にしろ当時若者だった誰もの頭をかすめた実感だったから、この村上龍の設定は荒唐無稽ではないとおもわれた。作者に現在の社会にたいする何らかの異議申立のモチーフがあり、それが長野に実際に作られていた地下大本営の坑道からイメージを与えられたに違いない。

作品『ヒュウガ・ウイルス』の発端は米ソの冷戦が終っても新しい支配が始ったということで、地下日本国（UG）は、先進国の支配にたいし、戦いをつづけるというヤマグチ司令官のコメントから物語に入る。アメリカからいちばん困らされている食料封鎖を解くから日本列島の地上にあるソ連の収容所の暴動を鎮圧してもらいたいと、アメリカから依頼されて、日本地下（UG）軍は、アメリカの在日ソ連人収容所でひとつだけ残っているB―4に向う。B―4には四千人ほどの旧ソ連兵捕虜と同数の民間人が収容されている。

一人のアメリカ人女性カメラマンが日本地下（UG）軍に従軍し、物語はこの女性カメラマン、キャサリン・コウリーの観察と戦闘や行軍の体験として描かれながら進行する。彼女の目に写った日本地下（UG）軍は黙々と行動し、容赦なく戦闘行為をするが、物静かで恐くなるほど肝が据っている。また日本（地下）国は地下深く掘られたトンネルだけでできていることも、サカグチという老夫婦の家にホーム・ステイしているとき、つぶさに観察する。出撃した日本地下（UG）軍の部隊には、九州東南部のリゾートコンプレックス（複合施設）『ビッグ・バン』に、原因不明の感染症が発生したという情報が伝えられる。症状は、眼が溶けてドローンと顔からとれる。内臓が破裂して口から吹き出てくる。神経がやられ筋肉がきかなくなり、首が背中のほうに垂れ下がって、血を吐き死に至る。アメリカ陸軍感染症医学センターと疫病管理センターの発表では、この感染症はウイルスによるもので、「ヒュウガ・ウイルス」と名づけられる。キャサリン・コウリーのカメラ・アイを伴った日本地下（UG）軍の一部は、アメリカの指揮官の要請で、このウイルスに汚染されたヒュウガ村を抹消処理する役割を演ずる。オクヤマ中佐が指揮する日本地下（UG）軍の一部隊はヒュウガ村を全滅させ、つづいて『ビッグ・バン』全体を破壊する。

戦闘場面、破壊のいさぎよさ、地上の荒廃と飢餓の描写などに劇画的な興味を覚える若者には面白いかも知れないが、わたしなどには小説ではなく大説としかおもえない。登場する人物の性格も、人間関係も、描かれていない。荒廃し飢餓と暴動と疫病とが覆いつくした日本列島の地上を、ただ黙々と行進し、火器をもてあそび、殺害と破壊をつづける日本地下（UG）軍の兵士の無表情な行動が描かれているだけだ。日本人の俳優は兵隊と刑事を演ずると巧くてお似合だが、あとはみな駄目だとよく言われるが、それとおなじ意味でこの作品は駄目だというほかない。

村上龍はどうしてこの作品を書いたのだろう。前作『五分後の世界』でわたしなどに嗅ぎわけられたのは、もしも太平洋戦争の末期に、降伏を肯んじない日本人が、徹底して本土決戦をやったら日本国はどうなったろうというモチーフだった。それはこの作者の現在の社会にたいする苛立ちを象徴しているのではないかという解釈だった。

おなじようにこの作品を考えてゆくと、作者のモチーフらしきものが見つけられる気がする。作者はヒュウガ・ウイルスに汚染されたヒュウガ村を抹消処理し、そのあと『ビッグ・バン』の全体を破壊する役目を負った部隊の指揮官、オクヤマ中佐の口をかりて「出現ウイルス」はかならず何かを象徴しているはずだと言わせている。すると「ヒュウガ・ウイルス」もまた、作者にとって何かの象徴とみなされていることになる。作者は女流カメラマン、キャサリン・コウリーと「ヒュウガ・ウイルス」の感染から唯一人生き残ったジャン・モノーという少年の会話に無雑作だが、この作品の唯一の小説作品らしい象徴をこめている。「ヒュウガ・ウイルス」から生還できる唯一の道は「圧倒的な危機感をエネルギーに変える作業を何千回、何万回と日常的に繰り返し」てきた者だけだと言わせている。最後にキャサリン・コウリーもこのウイルスに感染していることがわかり「圧倒的な危機感をエネルギーに変える」思想的営為をやってきたかどうか問われる病床に横たわることになる。読者もまたそれを問われていると、作者は言いたいに違いない。

村上龍にこの作品のモチーフがあるとすれば、形而上学的な習練を日常生活でやっていなければウイルスの感染を免かれず、感染すれば血管細胞を破壊され、内臓を溶解させ、末期には筋障害のためロシアンマンボと名づけられる舞踏病の症状を呈して、全身出血しつつ死に至る「ヒュウガ・ウイルス」の発明にかかっていると言っていい。暗示によれば、現在のこの社会状態を平穏で、のほほんと鈍感に生活しているものは、みなこの「ヒュウガ・ウイルス」に感染して無惨な死に至るぞと、作者は言いたいのかもしれない。非文学的な大説になっているが、文学的な小説概念には当てはまりそうもない。現在、この荒れ模様の社会で文学的な繊細さの彫琢は最上の意味をもっているはずだが、実際には繊細であれば鈍感、鋭敏であれば粗雑という矛盾のなかに、わたしたちの文学的な営為は陥ちこんでいる。この俊敏な作家はその陥穽の尖端のところで、この作品を書かざるを得なかったとおもえてならない。

村上春樹『アンダーグラウンド』批判

——どちら側でもない——

1

たしか『東京新聞』だとおもうが、村上春樹が地下鉄サリン事件の被害者を訪れ、インタビューした聞き書きを集めた本が間もなく講談社から出版されるという記事が載った。その時流石に村上春樹だな、刊行されたら早速読んでみようとおもった。（あとは意識の声にならないからカッコに入れておくが、わたしたち以外にはじめてあらわれたまともなオウム—サリン事件への知的反応だとおもったのだ）オウムについて坂本弁護士一家殺害や内ゲバの信者殺害、お布施強制などを主眼にして論評するのが、圧倒的な「世論」の常識だった。地下鉄サリン殺傷事件を主な筋としてこの事件の特性を見るべきだというのは、わたしたち数えるほどの一貫した少数意見だった。村上春樹はあとがきにあたる「目じるしのない悪夢」のなかで「（それらの論の多くは少なくとも部分的に正論ではあったが、場合によっては言い方がいくぶん偉そうで啓蒙的だった）」と書いているが、これは誤謬だとおもう。横浜弁護士会が流布源のひとつで、新聞、テレビ、週刊誌が拡大誇張して造り上げたいわゆる「世論」なるものの集中非難と「地下」に潜行した無記名の、ほとんど狂気としか言いようのない非人倫的な個人攻撃と渡り合うのが精一ぱいで、その姿勢、その語調が「いくぶん偉そうで啓蒙的だった」のは、そのあらわれにほかならない。職を失ったもの、同僚の攻撃により職を追われそうになったもの、職をおろされたもの、もともと評判のよろしくないわたしのように、ますます評判を落としたもの、いやはや「世論」なるものの凄さをはじめて経験したわたしなどには、村上春樹のこの言い方はまったく承服できかねる。新聞も週刊誌もひどいものだった。くわしく見解をききたいとインタビューに来て、孤立をはねかえそうとつい力が籠った見解をのべると、先生が言われることは妥当で納得できると称してメモをとりながら、いざ出てきた記事をみるとひとを非難する語調に変っている。わたし個人についていえば、この「世論」なるものを造成した新聞週刊誌ジャーナリズムにたいする不信、知識人にたいする不信は、極度に増幅された。高村光太郎の『ロダン』のなかに、賞讃するものさえも、逃げ路だけは作ってあったというロダンの作品評の言葉があったが、わたしの体験したのもそれに近かった。わたしはほとんど絶望した。日本国の政治がこれからスターリン主義かファシズムに支配されることがあったら、日本の知的な世界はひとたまりもなく「世論」に靡いてゆくだろうとかんがえたからだ。「世論」はいつも「正義」の表情をもっている。これはスターリン主義でもファシズムでもおなじだ。「正義」はきびしく疑え。またじぶんが「正義」に与《くみ》する場面に立たされたときは、できるだけ消え入るように。理念の表層をひき剝したとき、これが深層にあるわたしの思想だ。愚痴になる手前のところでやめなくてはならないが、これは村上春樹からみて「世論」に袋叩きにあって「言い方がいくぶん偉そうで啓蒙的だった」かもしれない一人の本音のところだ。

いよいよ実際に村上春樹の『アンダーグラウンド』という一冊の分厚い聞き書きを読んだ感想に入る。当日、即ち一九九五年三月二十日、千代田線に乗り合わせて、傷害をうけた人たちの証言を読みおわったところで、すぐにこれはいかん、簡単に書評をやって片付けるべき本ではないとおもった。これはたんにオウムの殺傷事件の中心を「地下鉄サリン」に見てその被害者の証言をあつめたといったものではない。着眼のよろしさを包みこむように幾つもの屈折が重ねてある。複雑で多様な問題をはらんでいるから、半年も一年もかかって丁寧に細部に斬り込んだドキュメントと言っただけでは収まりがつきそうもない。かなり複雑な印象が多重に積まれて読者の眼のまえにおかれている。時間を節約するためこの印象を要約してみるとこういうことになりそうだ。

村上春樹は、この本をできるだけ丁寧に心して質問し、答えをテープにとり、整理し、被害者の証言を忠実に再現したものだと性格づけているが、千代田線に乗り合わせてサリンの被害にあった和泉きよか（当時二十六歳）の聞き書きを読んだとき、すぐにこの本をサリン証言集として読むのは間違いだと気づいた。もちろん証言集だというのは確かなのだが、村上春樹のかくされたモチーフは証言集であるとともに、『ねじまき鳥クロニクル』のあとにくる小説作品としての性格を与えることにあるとおもえた。そして地下鉄サリンの傷害者の忠実で丁寧な証言集であるとともに、村上春樹の『ねじまき鳥クロニクル』のあとにくる小説作品だという二重性格がこの『アンダーグラウンド』の本質的な秘密だ。もちろんこれを小説作品としてみれば、サリン被害者の証言のなかの事実、体験、個々の閲歴の描写は、すべて作品を成り立たせている素材ということになる。こう言ったとて村上春樹の邪念や悪意だともおもっていない。また非難する意図など毫ももっていない。何なら別の言い方をしてもいい。サリン被害者の聞き書きを重複や表現のまずさを訂正しながら整えていくうちに、被害者の証言自体が、村上春樹の小説作品の文体まで凝縮され、似てきてしまった。作意も、かくされたモチーフもなく、無意識のうちにそうなってしまったのだと理解してもおなじことだ。またわたしの言い方で、この『アンダーグラウンド』の秘密はこの無作為のドキュメントを作為ある小説作品と同一化するまで刻み込み彫琢した作家村上春樹の忍耐力と誠実さと力量にかかっていると言ってもいい。

この徴候はすでに『ねじまき鳥クロニクル』で作品構成のうえからは、異様なほどのウエートで「ノモンハン事件」の描写に固執したときにあったかもしれない。またこの『アンダーグラウンド』のあとがきに当る「目じるしのない悪夢」でも「ノモンハン事件」に言及されている。敢えて引き合いに出してみれば、村上春樹がこの事件について言及している中心は「資料を調べれば調べるほど、その当時の帝国陸軍の運営システムの杜撰さと愚かしさに、ほとんど言葉を失ってしまった。どうしてこのような無意味な悲劇が、歴史の中でむなしく看過されてしまったのだろうと」ということに尽きている。そしてこの地下鉄サリン事件の「閉塞的、責任回避型の社会体質」は、当時の帝国陸軍の体質と変っていないと批判されている。

折角のことだからリアルタイムの旧制工業学校で「ノモンハン事件」に出会い、注視していたわたしの軍国少年（当時の）的な見解を言わしてもらおう。当時世界最強の陸軍兵力ともっとも生命知らずで、勇敢な兵士をもっていると誇っていた「帝国陸軍」は、ノモンハンの国境地域で機甲部隊（戦車・装甲車）を先頭に立てて、その後方から歩兵を侵入させたソ連軍に蹴散らされて為す術もなく退却した。日本軍兵士は手榴弾や爆弾を抱えこんでソ連戦車のキャタピラの下に身を投げて自爆することで侵入を阻止しながらも、兵力の大損害をうけ、たちまちのうちに、十キロ以上も退却を余儀なくされた。村上春樹の理解と反対にこの「ノモンハン事件」の敗退に愕然とした「帝国陸軍」は、これを契機に、しゃにむに軍の機械化を推進し、戦術を改革し、やっと太平洋戦争に間に合うところまでこぎつけた。これが当時の軍国少年が新聞記事や帰還兵士の体験談から獲た知識だ。また当時関東軍のノモンハン敗退の責任者の一人であった長勇参謀は、後に太平洋戦争の沖縄の米軍との戦闘で戦死したとおもっている。

2

こんな軍国少年の馬鹿話を、『ねじまき鳥クロニクル』や今度の『アンダーグラウンド』での村上春樹の軍談と対比させてみたのは、オウムの地下鉄サリン事件についての村上春樹の認識との違いを際立たせてみたかったからだ。わたしは「世論」なるものから「袋叩き」にあってもめげずにオウム真理教の事件を地下鉄サリンを主要な筋として見なければ、まったく事態の理解を誤ると終始主張してきた一人だ。なぜなら坂本弁護士一家殺害や信者にたいする内ゲバの殺人のようなことは、市民社会で毎日のように事件として起っているることだ。憎しみが極まった近親や敵対者の演じる悲しい出来ごとだということだけだ。だがオウムによる地下鉄サリン事件はまったく違う世界史的な事件だと言っていい。平穏な日常生活を昨日とおなじように送っていた、何の憎しみも対立も、関係もない一般の市民が、世界的な大都市のさ中で、まったく予期も予想も成り立たぬのに、大量に殺傷されることがありうることを示した事件だからだ。これは阪神地域の世界的な大都市の真只中で、一瞬のうちに数千の市民が死傷することがありうることを示した阪神大震災とおなじだ。わたしはオウムによる地下鉄サリン事件は集団テロとは違う、人類の殺傷行為としてまったく新しい悪路を拓いてしまった事件だとおもっている。また阪神大震災は、たんに日本国阪神地域がたまたま天災に出あって死傷者を大量に出したということではなく、世界的な大都市で一瞬のうちに予期も予測も不可能な大死傷と破壊が起りうることを示した稀有の事件だとおもう。この二つの事件の前と後では、何かが異ってしまった。もちろんのこと、この「何か」について、或程度ははっきりと言及することができる。しかしさしあたってはまったく新しい理解につきすすめなければ、わたしたちの自己思想や社会思想は自滅するほかない何かだと言っておけばいいとおもう。

わたしは村上春樹が「ノモンハン事件」に陸軍首脳部の無責任体質をみるのが誤解であるのとおなじように、オウムの地下鉄サリン事件に社会の無責任体質や政府首脳の危機管理体制の不備をみたりするのは誤解にしかならないとおもう。わたしの理解はまったく違う。だが「ノモンハン事件」にたいするじぶんの理解とはまったくおなじだ。オウムの地下鉄サリン事件は、その以前と以後とを劃然と分ける事件だった。これを体制を否認し、秩序に異議を申立てる過激な事件のひとつとみれば、戦後すぐの日共主導下における皇居前の広場の「米ヨコセデモ」から六〇年全学連主流派による国会包囲の反安保デモ、連合赤軍のあさま山荘の銃撃戦などのすべての過激体験を包括した意味をもっていた。もちろん地下鉄サリン事件を惹き起したいちばん重要な要因はオウム真理教の理念のなかにあるというべきだ。しかし地下鉄サリン事件が世界史的な大都市における大量殺傷の次元を産み出すのには、戦後のすべての過激な、政治体制に抗議し、反抗する運動と社会にたいする異議申立ての方法と、もうひとつ時代の流れの偶然が（必然がといってもおなじだ）加担することが必須の条件だったとおもっている。仮りにオウム真理教に地下鉄サリン事件をもう一度やってみろといったとしても、偶然（必然）の条件が加担しないかぎりできないとおもう。それほど稀有な世界史的な大量殺傷が大都市で実行されたものだった。こういう見解は市民主義者や他人の言うことは誤解しようと待ちかまえている勢力や個人には、片寄った少数にしか通用しない偏見のようにおもわれてしまうかもしれない。しかし「世論」なるものを造成し、新聞、テレビ、週刊誌をじぶんの煽動の下に引き入れた人士の見解は、現存する政治体制や社会構成がどこにも欠陥も暗黒部ももっていない理想の社会だと承認している者以外には成り立たせることができないはずだとおもう。

わたしは別に社会体制に順応するものと異議を申立てるものとを対立させ、区別しようという意図を、すくなくとも『アンダーグラウンド』について感想を述べる際に持ち出そうとおもっていない。だが村上春樹のなかに無意識のうちに潜在している無謀きわまる理不尽の殺傷行為としては坂本弁護士殺害事件も信者拉致殺人事件も地下鉄サリン事件も区別ない悪虐だとみなしている視方に批判的であらざるをえない。

『アンダーグラウンド』のなかに精神科医と弁護士と治療に当った医者からの聞き書きが挿入されていて、到れり尽せりの感がある。そのなかで町田市にある弁護士事務所に所属し、現在「地下鉄サリン事件被害者の会」の相談窓口を引受けている中村裕二という弁護士にインタビューして聞き書きをとったものがある。中村弁護士はじぶんは町医者みたいに、雑件を何でも引受けてやってきたもので、とくに傾向性があるとみられることを嫌っているように見受けられる。ただ坂本弁護士と司法修習も合格も同期であった関係でオウム真理教の事件に関与した所縁を披瀝している。わたしが関心をもったのは地下鉄サリン事件にどうして関与するようになったのか、坂本弁護士一家の殺害事件と地下鉄サリン事件との関連をどう認識しているかという点だった。村上春樹はこう質問している。

――中村弁護士は現在「地下鉄サリン事件被害者の会」の相談窓口を引き受けておら

れますね。その経緯をうかがいたいのですが。

村上春樹はこの質問で、「東京弁護士会坂本救出対策本部」の仕事とか「オウム真理教被害一一〇番」とか中村弁護士のたずさわってきたオウム関係の仕事と、地下鉄サリン事件とは異質のものだという認識があったのかどうかを質問してみたかったのかもしれない気もする。だが中村弁護士の答えは「オウム真理教被害一一〇番」の延長線で地下鉄サリンの被害者からの相談が増加してきて別に「地下鉄サリン事件被害者の会」のための窓口を設けることになったというものだ。そして坂本弁護士が拉致されてから同期のものが仲間意識で集まった。「それがそのまま地下鉄サリン事件に流れていった、ということになります、形式的にいえば」と答えている。村上春樹は中村弁護士が「そのへんのどこにでもいるごく普通の人間」だとしても、その手がけている仕事が大変な労力と神経と熱意と忍耐力を必要とするものだということは、素人にもわかるから、きわめてまっとうで、実効力のあるものだという感想を記している。わたしは少し違う感想をもつ。ひとつはこの『アンダーグラウンド』を村上春樹の『ねじまき鳥クロニクル』の後にくる作品とみなした場合には、この中村弁護士からの聞き書きは、『アンダーグラウンド』という作品の思想を象徴しているとみなされるということだ。すると中村弁護士からの聞き書きは、まことに申し分のない「正義」を象徴している。そして村上春樹は申し分のない「正義」の作品を書いたことになるのだ。そしてこの『アンダーグラウンド』の読者は大部分がそう読んだに違いないと一個の文芸批評家の威信にかけてわたしは確信する。

わたしは中村弁護士からの聞き書きを読んで不満だった。それはオウム真理教の惹き起した今回の事件を坂本一家殺害も、内ゲバの信者殺害も、松本サリン事件も、地下鉄サリン事件も、多殺であるか一殺であるかという区別だけで、殺害事件として同列の次元でみているという点にかかっている。もちろん法律家にとって殺害の方法や量の違いはあっても殺人行為として同一だろう。弁護士に地下鉄サリン事件とその他の殺害とは、まるで違うことで、オウム真理教の殺傷事件を地下鉄サリンを中核にみるのと、その他の殺傷を中心にみるのとは、次元も違うし、その意味もまるで違ってしまい、この事件とその民衆反応をミス・リードするかどうかという重大な差異なのだ、と知ってもらいたいなどと言う気はない。そんなことを求めるのは無理な話だとは承知している。もちろんわたしの見解は法律技術的であるよりも、より思想的なことに違いないからだ。とくに地下鉄サリン撒布は、思想（このばあいオウムの宗教理念）なしには不可能な殺傷行為だし、それが社会思潮に与えた影響もまた計りしれず現在に及び、これからにかかわっているとすれば尚更のことだ。こういう認識を法律を専門にする弁護士に求めるのは、もともと無理なことだし、弁護士にとってそんな認識は法律外で何の必要もないとすればそれまでのことだ。しかしもしかするとこの中村弁護士からの聞き書きが、村上春樹の『アンダーグラウンド』という作品の思想とモチーフにたいして、強力な助っ人になって、作者村上春樹の「正義」派的な通俗性を助長しているとすれば、言及せざるをえない。もし村上春樹の言うように中村弁護士のオウム事件にたいする満遍ないコミットが大変な仕事だというのなら、裁判官も検事も麻原彰晃づきの国選弁護士もおなじまたは「正義」派になれないため、もっと大変だと言えるはずだろう。いやにからむじゃないかとおもうかもしれないが、これにはすこし理由がある。村上春樹は中村弁護士の仕事ぶりを素人にもわかるほど大変で実効力があるといい感想を述べてうなずき合っているかにみえる。しかしわたしたちは、オウム真理教と教祖麻原彰晃を殺人集団と殺人鬼教祖とするような「世論」を造り上げるのは誤りだ、教祖麻原彰晃の宗教家としての理念と力量を解明し、オウム真理教の教義がどこにあるかをそれ自体として評価し、なぜ「地下鉄サリン撒布」のような、オウムと何の関わりもなく、憎悪や対立もなかった偶然の市民を狙った未曾有の殺傷行為を実行したのかを明確に解明しないままに、殺人（鬼）集団として抹殺しようとする「世論」を、検察、政党、新聞、テレビ、週刊誌、曲学阿世の知識人と結びついて造り上げた、中村弁護士らの行為は、法曹家として不当なものだと主張し、表現しただけで、オウムの麻原彰晃を擁護するものだと故意の曲解をでっちあげられ、村上春樹の言い方では「袋叩き」にあった。わたしは中村弁護士らの仕事は、法曹家としての範囲を逸脱して、「世論」操作に手を出した不当なものであり、オウム真理教の事件が何を意味するかについて誤った「世論」を造り上げるのに寄与したと評価している。村上春樹にはわからないだろうとおもうが、この弁護士集団の「世論」操作の仕方と、異をとなえる正論を吐く知識人たちを「袋叩き」にし、できれば職を奪い、その表現の場を剝奪し、叩きつぶそうとするやり方は、いつかどこかで似たやり方を体験したり見たりしたことがあるとすぐにわかるものだった。わたしは「袋叩き」にも「世論」なるものにも昂然と対抗してきた。なぜならこの弁護士たちの言動や、造り上げた「世論」なるものに屈服すれば、スターリン主義やファシズムが政治を掌握する時勢がきたら、ひとたまりもなくなびいていくだろうからだ。この意味では、この個所の村上春樹はオウム地下鉄サリン——と阪神大震災を契機に味わったわたしの絶望感の影のなかにすっぽり入ってしまうものだった。それは村上春樹の『アンダーグラウンド』の最大の弱点部分だとおもうから、ぜひとも言っておかなければ、この本の批評にはならないわけだ。

3

もう少し先で連鎖する批判を述べてみる。この本の主な構成は、サリン袋が破られた地下鉄の各線（千代田線・丸ノ内線・日比谷線）に分けて、それぞれのはじめに、サリンの袋を電車のなかに持ちこんで、傘の尖端で袋をつついて破った者と運んだ運転手の名前と、そのオウム教団内と入信以前の閲歴などとからめて記されている。たとえば千代田線の実行者は林郁夫で運転手役は新實智光であるというように。このサリン撒布の実行者とその運転手のペアーの紹介と解説の文章の全部に共通している村上春樹の記述の特徴がひとつある。それは地下鉄サリン撒布の実行者と運転手たちの背後に、〈それを指令、指示した麻原彰晃〉の影を無意識のうちに実体化して存在させていることだ。あるいは裁判が現在（一九九七年四月下旬）より進行してゆくと村上春樹の無作為の前提が立証されることがあるのかもしれない。しかし村上春樹とはまったく別なやり方でオウム真理教とくに教祖麻原彰晃の宗教家としての力量と理念の方に重点をおいた視線で、わたしなりの関心を払って、それを文章にしてきたかぎりにおいて、地下鉄にサリンを撒布する指示、または指令が麻原彰晃からなされたという証言も証拠も提出されていない。また決定されてもいない。麻原彰晃の弟子（高弟であろう）で検事側の証人となって出廷し、推測を混えて麻原彰晃

の指示または暗示に沿って地下鉄にサリンを撒布することをじぶんが実行したと証言した
ものはいるが、麻原彰晃の指令または指示を直接受託されたのでじぶんは実行したと確認
した証言は、いままでのところ一つも存在しない。これが裁判の進行している現況だ。地
下鉄サリン事件は麻原彰晃の指令か指示によって行われたという先入見をあたかも既成の
事実であるかのように印象づける言説を流布しているのは、中村弁護士のような弁護団、
新聞、雑誌、テレビ、週刊誌などの「世論」を造り上げた機関などだけだ。せっかく「地
下鉄サリン」事件の被害者に視線の重点をおいて、一冊の分厚い本を造り上げるほど丁寧
な聞き書きを忍耐づよく造り続けてきた村上春樹が、こんなことで、うかうかと「世論」
の意に逆わないような身構えをみせるのは、とても残念な気がする。別の言い方をすれば
せっかく「地下鉄サリン」事件に着目し、いわゆる「世論」なるものを造り上げてしまっとおもえる。「地下鉄
じ理解を違う主題にたいしてやっているというだけになってしまうとおもえる。「地下鉄
サリン」事件に着目し、いわゆる「世論」なるものを造り上げてしまった新聞、雑誌、テ
レビ、週刊誌、それに宗教家や宗教に関心のある知識人、および宗教は阿片だとおもいこ
まされたじぶんが唯物論信者にすぎない知識人よりも数等すぐれた『アンダーグラウン
ド』の著者が、根本のところでこんな杜撰な先入見を受け入れているところが、わたしな
どには解しかねるところだ。違う言い方をしてもいいが、村上春樹の『アンダーグラウン

ド』の弱点のひとつであるとおもえる。もちろんいわゆる「世論」はこれを弱点とおもわずにかえって村上春樹の「正義」観もまた「世論」を支える有力な言説のようにおもい、確信を深めるかもしれない。しかしわたしは村上春樹の言う「世論」の「袋叩き」のえげつなさをつぶさに体験したことの代償として言うのだが、いまのところ教祖麻原彰晃の指令または指示で「地下鉄サリン」事件が起ったという証拠を示す証言は得られていないというのが確かなところだ。

わたしのオウム事件にたいする方法は、ことごとく間接的なものだ。麻原彰晃にたいする印象もその公刊された著書を介したものだし、この事件にたいする印象も裁判公判の証言やイメージも一度も傍聴にいったことはなく、報道機関とくに新聞の報道から得た間接的なものだ。もしわたしが麻原彰晃の著書を読み違えていたり、新聞の報道がまったく虚偽で架空のものだったりしたら、わたしの判断は当初から間違っていることになる。しかしわたしはこの間接的な方法で、あたうかぎり真に近づくことができるとおもっている。すくなくとも「世論」を造り上げた人士や集団にくらべて相対的にはより正確な判断になっているとにはじぶんなりの確信がもてる。『アンダーグラウンド』は、村上春樹と講談社が聞き書きを本にすることを承知した六十二人から、詳細な村上春樹の小説作品の文体といってもいいほど彫琢した聞き書きを作っている。それほど現在のいい作家としての力量を充分にみせた力作を仕上げながら、「世論」とそれを支えているつまらない言論人に挨拶しているのは惜しいことだとおもう。

4

唐突な比喩を持ち出すようだが、『源氏物語』は世界中の物語の愛好者や研究者から讃辞を積みあげられている。だが本音をいうと繰返しがおおくて読み通すにはかなり退屈を覚える作品といってよい。この物語の中心は光源氏という主人公が、平安当時の宮廷風俗的出来ごとの場面をめぐりあるいて、つぎつぎに女性たちに懸想し、女性たちの宿所を訪れて恋愛する物語の繰返しである。それは時代の上層貴族たちの恋愛の風俗であるとともに、光源氏の母親（その代理としての藤壺の女御）にたいする過剰な複合心理に発祥の起源をもっている。男女の出会いとエロスの交渉の繰返しで退屈を催すものだとおもいはじめれば『源氏物語』はその性格にすっぽりとはまってしまう。

村上春樹の『アンダーグラウンド』も、作品としてみずに、地下鉄サリン事件の聞き書きを集成したドキュメントとしてみれば、被害者の痛ましいサリン中毒症状とその後遺症を克服するための被害者たちの懸命な努力とそれが職場や家族に及ぼしている気の毒な波紋を描くことの繰返しからできている。村上春樹はじぶんの作家的な力量を精一ぱい発揮

して、聞き書き集以上のものに致そうとし、それに成功している。（そしてときに聞き書き集成以下のものにしてしまっている）

わたしは『源氏物語』に言及したとき、現代語訳（与謝野晶子訳）で、いまの小説を読むように読めばいいとすすめた。それも「若菜」上・下の章が、いちばんととのっているからそこだけをはじめに読み、惹き込まれるようだったら、違う章も読めばいいと述べたことがある。おなじことを村上春樹の『アンダーグラウンド』について言えば丸ノ内線で重症の被害を受けて、いまなお入院中の明石志津子、それを介護するために日常生活の多くを傾けているその兄・明石達夫にたいするインタビューの個所を読めば、この本の性格をいい意味で把まえられるとおもう。

明石志津子は後遺症が残ったうちでも重症だということがわかる。「左手と左脚はほとんどまったく動かない」「食事を口からとることはまだできない」「舌と顎がまだうまく動かせないのだ」「ヨーグルトとアイスクリームといった柔らかい流動的なものだけをかろうじて食べることができる」「ほとんどの栄養分はいまだにチューブで鼻から注入されている」「彼女の両目は、瞼もきちんとは開いていていない」

これらの症状は喋ることとそれを聞きとることを困難にしているため、村上春樹のインタビュー記事は、実兄の明石達夫に助けられながら、聞き書きの内部に自己の言葉をたくくさん介入させることになっている。この介入された言葉は、ほかの被害者の聞き書きにくらべて、二色だけ多い描写になっている。これはインタビュイーが喋りがほとんどできないことと、小説作品でいう作者の地の文が入りこんでくるためだ。例えば、

「自由に何か質問してみて下さい」と達夫さんが言う。

私は迷う。いったい何を尋ねればいいのだろう?

「誰に髪を切ってもらっているのですか?」と私は彼女に訊く。それが最初の質問だ。

「看護婦さん」という答えが返ってきた。

正確に表記すると「あんおぉあん」ということになる。でも前後の事情から「看護婦さん」という単語はすぐに類推できる。


季節は既に一二月に入り、まわりでは冬の色がだんだん深まっていた。秋は少しずつ後ずさりするように、忘却の中へと姿を消していった。神宮外苑の銀杏の枝は葉をすっかり落とし、行き交う人々の靴底がそれを細かく踏み砕き、冷ややかな風がそのきなこみたいな黄色い粉をどこへともなく運んでいった。年もそろそろ終わりに近づこうとしていた。我々がこの本のための取材準備を始めたのが前の年の一二月だったから、もう

そろそろまる一年が経過することになる。明石志津子さんはちょうど六〇人目のインタビュー相手だった。しかしこれまでの相手とは違って、彼女は自らの思いを言葉として語る方便をもたなかった。

なにを引用したかというと、はじめの断片は明石志津子から聞き書きをとる場面の例を、あとの引用は作者の場所から書かれた地の文の例を示すためだ。もちろん文章中の事柄の解説文もある。言いかえれば小説作品とみなしたときの文体上の条件はみな揃っている。また別の言い方をすればインタビュイーが重症の後遺症をのこしているため、この『アンダーグラウンド』の被害者からの聞き書きが必然的に凝集された作品として読める特徴が、かえって色濃くあらわれているといっていい。インタビュアー村上春樹は黄色い花と黄色い花瓶をもってこの女性の入院している病室を訪れたと書いている。だがこのインタビュイーは眼がぼんやりしか視えないため花の色とかたちを知ることができない。しかし花のために部屋が少し温かみがでてきたようにおもえ、それが明石志津子の皮膚にすこしでも伝わればいいと書いている。

村上春樹は病室にやってきたとき、じぶんの手を握ってみてくれるかと、この患者に問いかけて、その力強さに安堵している。やはりおなじ文章のなかでこう述べている。

帰るときに、志津子さんの手をもう一度握らせてもらった。

「最後にもう一回握手をしていいですか？」と彼女に尋ねた。

「いい」と彼女はきっぱりと言った。

車椅子のとなりに立って手を差し出すと、彼女は前よりももっと強く、私の手を握ってくれた。前よりももっとしっかり何かを伝えようとするかのように、長いあいだ彼女は私の手を握っていた。そんなに強く誰かに手を握られたのはほんとうに久しぶりのことだった。


通りいっぺんの言い方をすると、わたしはこういう個所で感動した。この感動は『アンダーグラウンド』という聞き書き集を作品にしている作家村上春樹の力量からくるのでもなく、また文体の冴えからくるのでもない。すくなくともこういう個所では、聞き書きをとりにいったときのじぶんの振舞いを生の事実のまま解説しているだけだからだ。作家村上春樹も解体し、地下鉄サリンの無辜の被害者のインタビュー集を作ろうとするモチーフも消え、只の人のイメージだけがあるからだ。こういう素直な述懐の個所では、よくもまあ手放しで書いてくれるじゃないか、と半畳を入れる気にもならない。ただ読者になって素直に感じ入るだけだ。

だがオウム真理教が差出した物語が馬鹿げていて、荒唐無稽で麻原彰晃や信者たちをあざ笑うことができたが、「こちら側の私たち」はそれに対置させ、「麻原の荒唐無稽な物語を放逐できるだけのまっとうな力を持つ物語」を手にしていない。実のところそんな物語を造り上げたいというのが、小説家として長いあいだじぶん（村上春樹）のやろうとしてきたことだと述べているあとがきの「目じるしのない悪夢」の言葉は、半分しか信用する気になれない。麻原の宗教的理念を荒唐無稽だと言いきる思想的力量をわたしはもってないからだ。ただどちら側でもない場所がありうることを言うためにこの書評を書いた。

編集後記にかえて

小川哲生

本書は、吉本隆明氏が書きためてきた、村上春樹・村上龍論のすべてを収録したものである。

最初に村上龍について書かれたものは、『作品』一九八一年一月号に「イメージの行方」として発表され、のちに『空虚としての主題』として一書にまとめられたもので、本書はこの作品からはじまり、『群像』一九九七年六月号の「村上春樹『アンダーグラウンド』を読む　どちら側でもない」(『思想の原像』に収録)にいたる二〇の作品から成り立っている。

吉本氏五十七歳から七十三歳にかけて十六年間にわたって書き継がれたものであるが、平均すれば、ほぼ一年間に一作強のペースである。この「ふたりの村上」という現役作家に長い期間、注目し言及してきたのは、〈現在〉を象徴するに足る作家であると感じたと同時に、たとえば江藤淳が両村上をサブ・カルチャーと切って捨てたのと違い、彼らが当時の文学状況に、ある新しさとインパクトを与えたことを評価しないのでは、なんの文芸批評家かとの覚悟から論じ続けたのではないかとわたしは考える。その両村上の新しさは、それ以前の大江健三郎や中上健次らの世代の文学とは画然とその世界が変わったことであり、八〇年代の文学の転換点に両村上を置くことで明らかになる。ふたりはその象徴的存在である。初期の作品からずうーっと注目し論じ続けたことの意味はまさにそこにある。

本書の編集においては、目次は発表順に並べられている。なぜそうしたかは、一挙に書き下ろしの形で書かれたものでない以上、おのずと時間の流れが作品に影響を与えるはずで、その流れがわかるかたちで編むことが最良であると判断したからである。

また、本書収録の論考は吉本氏が生前に刊行した単行本に二篇を除いて収録済みのものであるが、これをすべて読むには、およそ一〇冊ほどの本を手に入れる必要がある。そして二〇の作品すべてを読みとおすには『全集』の完結を待たねばならない。そうした事情のなかで、一冊に丸ごと収録することの意味はきわめて大きい。

ところで、高知在住の松岡祥男氏は独力で『吉本隆明資料集』を出し続けてきた人であるが、その資料集は二〇一九年四月現在、184号に及んでいる。松岡氏がその活動のなかで、吉本氏が書き続けてきたふたりの村上に関する論考を探しだし読み込むなかでリストを作成し、わたしに提供してくれた。

このリストをこのまま埋もれさせてはならずぜひとも公刊すべきと思われた。しかも一〇冊の単行本を読むことでしか触れえない吉本「村上春樹・村上龍論」が、一冊の本として読むことができるのは読者にとって最大のメリットであり、それを提供することは今まで吉本氏の本を担当してきた者の責務とわたしは考える。

それと同時にわたしの個人的な思いもあることを伝えておきたい。

かつて、大和書房から『吉本隆明全集撰』（全七巻・別巻一）が刊行されたが、それが完結されず中途で終わってしまったことと深い関係がある。当初、全集撰の第二巻『文学』の巻には、「ふたりの村上」という書き下ろし稿一五〇枚が収録される予定となっていた。

この全集撰は、著者の〈いま〉を投影する、すなわち、本来の全集が過去完了形とするなら、こちらは現在進行形の全集というところに主眼を置いた企画であり、各巻には、必ず単行本未収録の作品、あるいは書き下ろしを加えることが明確に打ち出されていたのである。その目玉として「ふたりの村上」という書き下ろしが収録される予定となっていた。しかし、予定通りには脱稿に至らず、またそれと並行してわたしが個人的な事情から大和書房を退職したため、結果として全集撰の企画自体が結局中断のやむなきに至ったという事情があった。

それがわたしに長い間、しこりのようなものとして残っていた。やり残した仕事という感じである。このまま終わらせてはいけない、何とか決着の機会があればという思いがしきりだった。

ここ数年、フリー編集者の立場で仕事をしてきたが、昨年、病を得て、ほとんど開店休業状態となっていたわたしに、ある日、松岡氏から一通の手紙が届いた。

あなたの仕事の終わりを締めくくる意味でも、やり残しがないようすべきではないか。やるべき格好の材料が揃っている、と。

はっとした。体調が少し戻りつつあるなかで受け取った手紙だったので、松岡氏に背中をおされて、この企画を本格的に進めてみたいという気持ちが高まった。

幸いにも吉本氏の著作権継承者である吉本多子《さわこ》さんの同意をいただき、現在、『吉本隆明質疑応答集』全七巻を刊行中の論創社の森下紀夫さんが出版を快諾してくださった。また松岡祥男さんが「解説」を引き受けてくれたことはなによりであった。こうしたなかで長い間の負債が少しは返せたのではと考える。記して謝意のことばとしたい。

本書のタイトルを〝幻の原稿〟に倣って、『ふたりの村上』とした一端を知っていただくためにいささか個人的な事情を書き連ねた。「編集後記」にかえさせていただく。

二〇一九年四月二十日

（おがわ・てつお　編集者）

解説

松岡祥男

大和書房から刊行された『吉本隆明全集撰』（全七巻・別巻一）は未完結に終わっている。未刊の第二巻「文学」には書き下ろしの「村上龍・村上春樹論」が予告されていた。刊行の中断によって、それは実現しなかった。しかし、吉本隆明は〈ふたりの村上〉についてさまざまな形で言及している。それを発表順に列挙すれば、次のようになる。

【原題↓（初出誌・紙）↓収録本［＊は収録対象］】　※①〜⑳は本書の収録順と同じ。

①文芸時評　イメージの行方（『作品』一九八一年一月号）↓『空虚としての主題』福武文庫［＊「イメージの行方」全篇］

②豊饒かつ凶暴なイメージの純粋理念小説――村上龍『コインロッカー・ベイビーズ』（『海』一九八一年二月号）↓『吉本隆明全集』第一八巻　晶文社

③マス・イメージ論　解体論（『海燕』一九八二年九月号）↓『マス・イメージ論』講談社文芸文庫［＊「解体論」全篇］

④村上春樹『世界の終りとハードボイルド・ワンダーランド』（『マリ・クレール』一九八五年九月号）↓『言葉の沃野へ　書評集成・上　日本篇』中公文庫

⑤⑥ハイ・イメージ論　像としての文学（『海燕』一九八五年一一月号、一二月号）↓『ハイ・イメージ論Ⅰ』ちくま学芸文庫［＊「像としての文学」一の1・2、二の1］

⑦ハイ・イメージ論　走行論（『海燕』一九八六年一一月号）↓『ハイ・イメージ論Ⅰ』ちくま学芸文庫［＊「走行論」一の1・2・3］

⑧新・書物の解体学　村上龍『ニューヨーク・シティ・マラソン』（『マリ・クレール』一九八七年一月号）↓『言葉の沃野へ　書評集成・上　日本篇』中公文庫

⑨新・書物の解体学　村上龍『愛と幻想のファシズム』（『マリ・クレール』一九八七年一一月号）↓『言葉の沃野へ　書評集成・上　日本篇』中公文庫

⑩新・書物の解体学　村上春樹『ノルウェイの森』（『マリ・クレール』一九八七年一二月号）↓『言葉の沃野へ　書評集成・上　日本篇』中公文庫

⑪『ダンス・ダンス・ダンス』の魅力（『新潮』一九八九年二月号）↓『言葉の沃野へ　書評集成・上　日本篇』中公文庫

⑫ハイ・イメージ論　瞬間論（『海燕』一九八九年六月号）↓『ハイ・イメージ論Ⅲ』ちくま学芸文庫［＊「瞬間論」全篇］

⑬イメージ論１９９２　現在への追憶〈村上春樹『ＴＶピープル』〉（『新潮　臨時増刊　最新日本語読本』一九九二年四月）↓『現在はどこにあるか』新潮社［＊「現在への追

憶」の2」
⑭イメージ論1992　反現代の根拠〈村上龍『イビサ』〉（『新潮』一九九二年六月号）
↓『現在はどこにあるか』新潮社
⑮消費のなかの芸『国境の南、太陽の西』の眺め（『CUT』一九九三年一月号）↓『消費のなかの芸』ロッキング・オン
⑯時代という現場　2人の村上から「現在」よむ（『山梨日日新聞』一九九四年五月一七日）
↓『わが「転向」』文春文庫
⑰消費のなかの芸『ねじまき鳥クロニクル』第1部・第2部（『CUT』一九九四年七月号）↓『消費のなかの芸』ロッキング・オン
⑱消費のなかの芸『ねじまき鳥クロニクル』第3部（『CUT』一九九六年一月号）↓『消費のなかの芸』ロッキング・オン
⑲形而上学的ウイルスの文学――村上龍『ヒュウガ・ウイルス』（『新潮』一九九六年七月号）↓『吉本隆明資料集140』猫々堂
⑳村上春樹『アンダーグラウンド』を読む　どちら側でもない（『群像』一九九七年六月号）↓『大震災・オウム後　思想の原像』徳間書店

吉本隆明の村上龍と村上春樹への接近は、その時のモチーフによって〈視座〉が違っている。文芸時評的な観点から取り上げたり、マス・イメージの変貌に重点をおきながら捉えたり、文学における像の問題として扱ったり、消費社会の中のベストセラーとして焦点を当てたりしているけれど、それぞれの作品の価値と意味を射程から外したことはない。

吉本隆明の場合、単独の作家（思想家）論は、高村光太郎、カール・マルクス、源実朝、島尾敏雄、西行、宮沢賢治、シモーヌ・ヴェイユなど、すべて年譜を作り、周到な準備のうえ執筆し刊行している。その点、村上龍、村上春樹に関するものは明らかに異なる。そうであっても、現役の作家に注目し継続的に批評したもので、作品論として貴重なものだ。

両村上の全盛期は過ぎたとはいえ、ふたりとも世界総体との関連に自覚的な、フルタイムの作家なのだ。読者一般というよりも「知的業界」内部において、ふたりの村上の〈価値〉がわからないものはいる。それはとりもなおさず、〈文学〉がわからないということであり、〈現在〉ということを知らないということなのだ。こういう人々は、作家的存在を見縊り、アカデミズム依存と欧米流行の追従しか能がなく、その延長で上野千鶴子や内田樹や姜尚中みたいな大学の社会学者の方が知的で上等だと錯覚しているのかもしれない。冗談ではないのだ。上野や内田といった輩は社会現象に追随しながら解釈と見取図を並べるだけで、エロスは希薄で、創造性に乏しく、おのれの宿命に表現的に挑む力などない。

ミス・リードの醜態をさらしていても、それには気がつかず悦に入っているだけだ。

わたしは、村上春樹は『羊をめぐる冒険』を皮切りに『1Q84』までのほぼ全作品を、村上龍は『限りなく透明に近いブルー』から『イン ザ・ミソスープ』までの主要な作品は読んでいる。世代的に両村上に近いこともあって、戦中派の吉本隆明の評価とはズレるところもあるけれど、このふたりの存在はわたしの文学的関心の中心にいたことは確かだ。

村上龍は一九五二年長崎県佐世保市生まれ。一九七六年に「限りなく透明に近いブルー」で、第一九回群像新人文学賞を受け、第七五回芥川賞も受賞している。村上春樹は一九四九年京都府京都市生まれ。一九七九年に「風の歌を聴け」で、第二二回群像新人文学賞を受賞。これがふたりの〈作家〉としての出立なのだ。

村上龍のどんなところが好きかといえば、

お前にはさのうがない、とコーチは言った。さのう？ さのうて何や？ 台風の時に堤防とかに積むやつかな、しかし台風とか堤防とかこのコーチは何言うてんのやろ、完全なアホやな。

「さのうてわかるか？」

砂を入れた袋でしょ？

「アホ、左の脳や、脳の左半分や、そこにはな、大切なもんがいっぱい詰まっとんのや、理性的な判断とかやな、比較する能力とか、ものごとを客観的に理解する力とか、お前に欠けとるもんばかりやろ？」

そんなことよう教え子に向かって言うわ、別にオレはこのコーチに食わして貰ってるわけと違う、張ったろか、ほんま。

（村上龍『走れ！ タカハシ』）

ここには左翼インテリの〈啓蒙〉意識も、高尚な言説を弄ぶ知識主義者の〈差別〉意識もない。社会の地面にしっかり接地したリアリティが定着されている。そして、なによりも自らの快感原則に忠実だ。

もちろん、「さのう」はちゃんとある。そうでなければ、土嚢を想起するはずがないからだ。そりゃ、体育会系や芸能筋の、権力者の言いなりの自己判断力を欠いた迎合ぶりを見ていると、いくらなんでも、じぶんの尻くらいはじぶんで拭けよと思ってしまうのも事実だ。しかし、それが左脳の優位を保証するわけではない。それにプロ野球の阪急の福本豊みたいに「国民栄誉賞」の授与を打診されても「そんなものを貰った日には立ち小便もできなくなる」といって断わった気骨のある人物や、競泳の北島康介みたいに誰に対しても偉ぶらない爽やかな印象の人もいる。そういう意味では、村上龍の描写には嫌味も皮肉も含まれていない。風俗を描いても、通俗性に堕さない〈均衡〉がその特徴なのだ。

大風呂敷を広げ過ぎて観念的に空転する『愛と幻想のファシズム』などはいただけないとしても、それでも仲間の連帯意識とその亀裂の場面は弱点を凌駕しているし、『気分はもう戦争』（矢作俊彦・大友克洋）に匹敵する活劇的痛快さももっている。村上龍が不動の作家的地歩を確立したのは、紛れもなく『コインロッカー・ベイビーズ』だ。

吉本隆明は一九八四年二月に、『IN★POCKET』という講談社の文庫本情報誌の村上龍と坂本龍一をホストとする連載にゲストとして招かれ、「内なる風景、外なる風景」という対話を交わしている。それは昭和二七年（一九五二）生まれの村上龍・坂本龍一のふたりと大正一三年（一九二四）生まれの吉本隆明が年齢差を超えて、当時の知的状況について忌憚なく語った愉快なものだ。

一方、村上春樹のどんなところが好きかといえば、

秋が終り冷たい風が吹くようになると、彼女は時々僕の腕に体を寄せた。ダッフル・コートの厚い布地をとおして、僕は彼女の息づかいを感じとることができた。でも、それだけだった。僕はコートのポケットに両手をつっこんだまま、いつもと同じように歩きつづけた。僕も彼女もラバー・ソールの靴をはいていたので足音は聞こえなかった。

プラタナスのくしゃくしゃになった枯葉を踏む時にだけ、乾いた音がした。彼女の求めているのは僕の腕ではなく、誰かの腕だった。彼女の求めているのは僕の温《ぬく》もりではなく、誰かの温もりだった。少くとも僕にはそんな風に思えた。

（村上春樹「螢」）

ふたりはただ歩いているだけだ。これをデートというのか、わたしは知らない。でも、ふたりが歩く姿は静謐で鮮やかだ。ふたりの息づかいや足音も響いてくるような感じがする。そして、この哀しい色調は風景のなかに深く滲透している。この抒情性こそ村上春樹の特徴なのだ。

吉本隆明は「文学の戦後と現在――三島由紀夫から村上春樹、村上龍まで」（一九九五年七月）という講演で、『風の歌を聴け』から『ねじまき鳥クロニクル』にいたる、総括的な村上春樹論を展開している。

第一に挙げたいことは、一種の任意小説だということです。これはぼくは余り知らないんですが、読んだ乏しい経験でいっても、例えばアメリカのカート・ボネガット・ジュニアなんかの作品はやっぱり一種の任意小説だとおもいます。大体エッセイを書くつもりなのか物語作品を書くつもりなのか、どちらともとれる短章をあるときにはエッセイ的に、あるときには少し物語的に書きます。それを積み重ねてあるつながりを持ったときに作品だっていっちゃう。その種の影響のあらわれかも知れませんが、村上春樹さんの小説はそういうやり方から出発しています。それを任意小説といいますと、本当に任意につくられています。ある短章では一種エッセイで、例えば季節についての自分の意見をいったというようなことがくるかとおもうと、次にはちょっと物語的な筋があるような短章がやってくる。こういうふうなことが繰り返されていて、たまにはたった二行ぐらいしかないというような短章もある。そういうことの形式的なこだわりとか内容の文体的なこだわりとかということ、それから主題のこだわりというのは一切なくて、まあ任意小説といいましょうか、任意につくられちゃった小説だ、あるいは書いているうちに独りでにこういうふうにかたまってきちゃったというふうにもいえそうな、そういう作品のスタイルがとくに初期ではとても大きな特徴でした。

（吉本隆明「文学の戦後と現在」『吉本隆明〈未収録〉講演集』第九巻）

これは文体的な解析に基づいたものといえるだろう。『風の歌を聴け』の魅力は、なんといっても、六甲の山並みの迫る神戸の街の雰囲気と「鼠」の存在感だ。彼が佐々木マキの作品をとても尊重していた理由もそこにある。そして、主人公と「鼠」の親密な関係に女性が登場することで、潜在的な三角関係が生ずる。それは漱石的主題といってよく、その関係の陰影と「鼠」の死が、「螢」を拡大した『ノルウェイの森』を生む原動力となったのである。病める女性との不能の愛を描いた代表作のひとつだ。ついでに言えば、漱石の悲劇の本質は失敗作である『行人』にむきだしの形で露出しているといえるだろう。
そんな村上春樹の〈転機〉も吉本隆明は的確に指摘している。

ぼくの理解の仕方では、村上春樹さんは自分の特異な世界のリアリティと、それはそれで特異な世界に違いないんですが、社会性、つまり人々の共同的な体験がつくり上げる世界の意味とが合わさった世界をこしらえることができるようになったのだとおもいます。『羊をめぐる冒険』ではまだ恐る恐るといったらいいんでしょうか、社会派の人がつっこむべき問題に当面して恐る恐る手を出したという描き方をしています。『ノルウェイの森』になると「わかった」という感じだとおもうんです。『羊をめぐる冒険』までの世界に対して、社会派が当然取り上げるべき世界を含んだそういう作品の世界をつくる場合には一カ所だけなぞをつくればいい、一カ所だけ不明な点をつくればいいんだということだとおもいます。これはぼくの理解の仕方ではかなり意識的だとおもいます。つまり、推理小説でいえばこうやれば解けるというキーポイントがあるわけですけど、それと同じように一種のなぞめいたところをこしらえて、そのなぞめいたところがわかればこの作品の世界、つまり本来の社会派が取り上げるべき問題を含んだようなこの世界の問題が解けるというような、そういう一カ所だけなぞめいた世界をつくるやり方をしているようにおもいます。

ですから、世界を二つの層にしてわかりやすい世界とちょっとわかりにくい世界がある、しかしここになぞめいた描写の箇所、あるいは結節点、あるいは先ほどからいっているコンポジションの一つの定点なんですけど、その定点に、なぞめいた要素を一つこしらえたら、作品は作られていきます。

（「文学の戦後と現在」）

この「謎」の設定が、無意識の膨らみをもっているときは、それが作品の含みとなり、ストーリーの豊饒さは増すだろう。先の「螢」でいえば、「僕」と「彼女」の連れ立って歩くシーンには、いつも「誰か」の気配が先行している、逃げ水みたいに。もちろん〈影〉のように寄り添っていると言い換えてもいい。そういうふうにみなせば、この〈気配〉を物語的な構成に転化すると、「謎」の様式を導入することができる。『ねじまき鳥クロニクル』第1部は途中まで『新潮』に連載された。これには惹き込まれた。つづきが読みたくて、発売日に購入し、真っ先にそのページを開いた。それは萩尾望都の『マージナル』以来だった。しかし、その「謎」かけが弾力性と展開力を失うと、作品世界はたちまち通俗的な怪奇的推理小説に失墜する。

わたしは『海辺のカフカ』や『1Q84』を世間がいうほど良い作品とは思わない。基底にある主題意識が作品の優位性の顕われだとしても、彼は回避したのだ。資質に引き寄せられる必然を。自己破滅を怖れなかった夏目漱石や太宰治や三島由紀夫とはそこで違ってしまったのである。それがオウム真理教事件に対する『アンダーグラウンド』にみられるように「社会的正義派」へ横滑りした主因なのだ。

村上春樹は『やがて哀しき外国語』が象徴しているように、日本と世界の〈狭間〉にポジションを設定することで、ジャーナリズム的にはうまく自己演出を遂げているつもりだ。しかし、それが本質的には〈虚妄〉の立場ゆえに、村上春樹の大江健三郎化（独善的と読みます）は加速したのである。大江健三郎ほど偏執的ではないけれど。そうはいっても、村上春樹の本領は短篇作品にあり、『中国行きのスロウ・ボート』から『東京奇譚集』にいたる短編集の佳篇は、みずみずしい生命力を湛えたものだ。

吉本隆明の「村上龍・村上春樹論」は、文学の〈源泉〉を尊重するものであり、さまざまな肯定と否定の交錯する〈現在的課題〉を内包しながら、屹立している。

（まつおか・つねお　批評家）

【著者略歴】
吉本隆明（よしもと・たかあき）
1924 - 2012 年。東京月島に生まれる。東京工業大学電気化学科卒業。詩人、思想家、文芸批評家。詩人として出発し、1950 年代に文学者の戦後責任論・転向論で論壇に登場。長期にわたり言論界をリードして「思想界の巨人」と呼ばれ、時代と社会に多くの影響を与えた。著書に『言語にとって美とはなにか』『共同幻想論』『最後の親鸞』『「反核」異論』『マス・イメージ論』『ハイ・イメージ論』『宮沢賢治』『心的現象論』『「反原発」異論』などがあり、『夏目漱石を読む』で小林秀雄賞、『吉本隆明全詩集』で藤村記念歴程賞、永年の宮沢賢治研究の業績により宮沢賢治賞を受賞。現在、『吉本隆明全集』（全 38 巻・別巻 1）『吉本隆明質疑応答集』（全 7 巻）が継続刊行中。

ふたりの村上——村上春樹・村上龍論集成

2019 年 6 月 25 日　初版第 1 刷印刷
2019 年 7 月 10 日　初版第 1 刷発行

著　者　吉本隆明
発行者　森下紀夫
発行所　論 創 社
東京都千代田区神田神保町 2-23　北井ビル
tel. 03（3264）5254　fax. 03（3264）5232　web. http://www.ronso.co.jp/
振替口座　00160-1-155266
編集／小川哲生
装幀／髙林昭太
印刷・製本／中央精版印刷　組版／フレックスアート
ISBN978-4-8460-1828-3　